CARLO MARIA MARTINI
DU KENNST MICH, HERR!

CARLO MARIA MARTINI

Du kennst mich, Herr!

Denkanstöße für junge Christen

VERLAG NEUE STADT
MÜNCHEN · ZÜRICH · WIEN

Aus der Reihe *Hilfen zum christlichen Leben*

Titel der Originalausgabe:
Tu mi scruti e mi conosci

Übertragung aus dem Italienischen: Stefan Liesenfeld

Dieses Buch des Mailänder Kardinals hat seinen Ursprung in einem Exerzitienkurs für Jugendliche. Der Text wurde in der deutschen Fassung, wo es geboten erschien, leicht gestrafft, wobei der Charakter des gesprochenen Wortes erhalten wurde.

Die Deutsche Bibliothek – CIP-Einheitsaufnahme

Martini, Carlo M.:
Du kennst mich, Herr! : Denkanstösse für junge Christen / Carlo Maria Martini. [Übertr. aus dem Ital.: Stefan Liesenfeld].
- 1. Aufl. - München ; Zürich ; Wien : Verl. Neue Stadt, 1993
(Hilfen zum christlichen Leben)
ISBN 3-87996-301-0

1993, 1. Auflage

Umschlagabbildung: Stefan Liesenfeld
Satz: Neue-Stadt-Graphik
Druck: Erhardi Druck GmbH, Regensburg
ISBN 3-87996-301-0

Vorwort

Es ist gar nicht so leicht, sich darüber klar zu werden, was man aus seinem Leben machen will. Die Erwartungen der andern können „ganz schön stressig" sein: vielleicht die der Eltern, vielleicht noch öfter die der Freunde. Was muß man nicht alles tun, um nicht abseits zu stehen ...

Der Bischof von Mailand, Carlo M. Martini, hat mit einer Gruppe von Schülern einige Tage verbracht, in denen er ihnen Anregungen gab, wie sie sich selbst besser verstehen können. Seine Denkanstöße haben ein enormes Echo gefunden. Irgendwann fragt sich wohl jeder: „Wer bin ich eigentlich? Jemand, der diese oder jene Kleidung anzuziehen hat, um ‚in' zu sein? Jemand, der unbedingt den Sport treiben muß, der gerade Mode ist? Muß ich wirklich auf das ‚abfahren', was alle machen?" Man ahnt, daß das Leben mehr ist.

Carlo M. Martini geht die Fragen sehr originell an. Er gibt keine fertigen Antworten, sondern lädt zum Nachdenken ein, indem er biblische Gestalten lebendig werden läßt: Man findet sich wieder in den jungen Menschen, denen Jesus zu Hilfe kommt, in David, der sich immer mehr in seinen Fehlern verstrickt, in Paulus, der nicht weiß, was er tun soll, in Stephanus, der durch seine konsequente Haltung sein Leben gefährdet. Wenn wir uns in diese Personen hineinversetzen, finden wir Antworten auf die Fragen unseres Lebens. Wir fangen an zu verstehen, wer wir sind und wer Gott ist. Bei ihm hat alles Platz: Fragen und Zweifel, Erfolg und Versagen, Freude und Frust, Ängste und Zukunftsträume. Ihm geht es darum, daß wir das Leben in Fülle leben.

Stefan Liesenfeld

Worum es geht

„Wir stehen vor dir, Herr, und wissen nicht, wie wir mit dir sprechen sollen. Wir lassen uns helfen von den Worten, die du selbst deinen Propheten eingegeben hast: Herr, du erforschst uns und erkennst von fern unsere Gedanken. Unsere Wege sind dir vertraut ... Du weißt, was wir dir gern sagen würden und sagen sollten. Gib, daß wir die richtigen Worte finden. Deine Weisheit ist wunderbar. Wir möchten versuchen, sie zu verstehen, und begreifen, daß du uns kennst und liebst (vgl. Ps 139).“

Zwei wichtige Fragen: Wer bin ich? Und wer bist du, Herr?

Beim Nachdenken über das Thema dieser Besinnung kam mir die eindrucksvolle Botschaft in den Sinn, die der Papst anläßlich der Feier des Weltfriedenstages am 1. Januar 1985 an die Jugendlichen gerichtet hat. Johannes Paul II. stellt zwei grundlegende, miteinander verbundene Fragen: Fragen, von deren Antwort es abhängt, welche Ausrichtung wir unserem Leben geben.

Der Papst sagt: „Die erste und vordringliche unter den Fragen, die ihr euch stellen müßt, ist diese: Was denkt ihr vom Menschen? Worin besteht für euch die Würde und Größe des Menschen? Das sind Fragen, die ihr jungen Leute euch selbst stellen sollt, die ihr aber auch der vorhergehenden Generation, euren Eltern und all denjenigen stellt, die auf verschiedenen Ebenen die Verantwortung für die Sorge um die Güter und Werte der Welt gehabt haben" (Nr. 4).

Dann erklärt er, wie wichtig das Umfeld ist, das den Jugendlichen hilft, Antworten auf diese Fragen zu finden. Er betont, daß diejenigen, die die Jugendlichen auf verkehrte Antworten hinlenken, eine schwere Verantwortung auf sich laden. Der Papst schließt: „Fragt euch, was für eine Art von Menschen ihr selbst und eure Mitmenschen sein wollen, welche Art von Kultur ihr errichten möchtet. Stellt euch diese Fragen und fürchtet euch nicht vor den Antworten, selbst wenn diese von euch eine Änderung in der Richtung eurer Gedanken und Bindungen fordern" (Nr. 4).

Wir könnten die Frage „Was denkt ihr vom Menschen?" etwas vereinfachen und sie so formulieren: *„Wer bin ich?"* Die Frage könnte überflüssig erscheinen, aber sie ist es keineswegs. Im Grunde fragen wir uns jeden Morgen, sobald wir wach sind und uns umschauen: Wo bin ich? Wer bin ich? Was mache ich eigentlich jetzt?

Johannes XXIII. erzählte einmal, daß er des Nachts ab und zu Alpträume hatte, weil er so viele schwierige Probleme angehen mußte. Dann sagte er sich: „Was soll's, morgen frage ich den Papst!" Doch gleich darauf fiel ihm ein: „Aber – der Papst bin ich!" Ihm wurde bewußt, daß er in den vielschichtigen Situationen selbst eine Antwort suchen mußte und gerufen war, eine große Verantwortung auf sich zu nehmen.

„Wer bin ich?" ist eine sehr anspruchsvolle Frage. Sie drängt uns, uns mit uns selbst zu befassen, mit unserem Temperament, unserer Sendung und Berufung, mit unserer Verantwortung in der Welt von heute. Die Massenmedien und die Werbung legen den Jugendlichen oft einen Lebensstil nahe, der irgendwelchen Vorbildern entspricht. Doch wer bin ich? Jemand, der diese oder jene Kleidung anzuziehen hat, um „in“ zu sein? Jemand, der unbedingt den Sport treiben muß, der gerade Mode ist? Jemand, der auf ein bestimmtes Getränk „abfahren“ muß ...?

Totalitäre Systeme und Ideologien setzen alles daran, insbesondere die Jugendlichen zu ganz bestimmten Einstellungen zu bewegen, die ihren jeweiligen gesellschaftlichen und politischen Zielen entsprechen. Die Frage *Wer bin ich?* ist deshalb ganz wichtig. Darauf antworten heißt, sich seiner eigenen Persönlichkeit, seiner eigenen Berufung bewußt zu werden. Nicht antworten bedeutet, zuzulassen, daß andere für uns antworten, daß sie uns manipulieren, um uns für ihre Zwecke einzuspannen. Es sollte jedem von uns ein Anliegen sein, immer mehr selber antworten zu können – von innen her und in der Wahrheit.

Die erste Frage, so der Papst, „führt zu einer noch tieferen und grundlegenderen Frage: Wer ist euer Gott? Wir können unseren Begriff vom Menschen nicht definieren, ohne ein Absolutes, eine Fülle der Wahrheit, der Schönheit und des Guten zu bestimmen, von der wir unser Leben leiten lassen. So ist es wahr, daß der Mensch, ‚das sichtbare Abbild des unsichtbares Gottes‘, die Frage danach, wer er oder sie ist, nicht beantworten kann, ohne gleichzeitig zu erklären, wer sein oder ihr Gott ist. Es ist unmöglich, diese Frage auf die

Privatsphäre des Menschen zu beschränken. Es ist unmöglich, diese Frage von der Geschichte der Völker zu trennen ... Jedermann weiß, wenn auch nur dunkel und mit Schaudern, daß, wo immer Gott im Gewissen der menschlichen Person stirbt, daraus unvermeidlich der Tod des Menschen als Abbild Gottes folgt“ (Nr. 5).

Über diese beiden grundlegenden Fragen werden wir im Folgenden nachdenken: „Wer bin ich?“ und „Wer bist du, Herr?“ Es ist nützlich, sich darüber klar zu werden, welche Erwartungen man an diese Zeit der Besinnung stellt. Welche Wünsche habe ich? Wonach sehne ich mich? Es ist im Grunde eine einzige Frage, auch wenn sie viele Gesichtspunkte beinhaltet. Sie ist sehr wichtig, weil davon abhängt, mit wieviel Energie man sich auf diese Erfahrung einläßt. Ich möchte Euch darum empfehlen, daß Ihr Euch ein wenig Zeit nehmt, um ruhig und ehrlich auf diese Frage zu antworten. Eine Hilfe kann dabei die aufmerksame Lektüre, das betende Nachsprechen von Psalm 139 sein.

„Herr, du hast uns hierher geführt. Wir spüren, wie notwendig es ist, kennenzulernen, wer wir sind und wer du bist. Zuallererst aber ist es notwendig, daß wir uns darüber klar werden, was wir uns erwarten, wonach wir uns sehnen. Nimm alles leeres Gerede von uns, und laß uns zum Kern der Dinge kommen. Du siehst, was wir zutiefst wünschen; du weißt, daß wir offen sein möchten für dein Wort. Du kennst unsere Sehnsüchte und Erwartungen: Schenke uns Klarheit über uns selbst, und zeig dich uns in der Kraft deines Evangeliums.“

Psalm 139

Herr, du hast mich erforscht und du kennst mich.
Ob ich sitze oder stehe, du weißt von mir.
Von fern erkennst du meine Gedanken.
Ob ich gehe oder ruhe, es ist dir bekannt;
du bist vertraut mit all meinen Wegen.
Noch liegt mir das Wort nicht auf der Zunge –
du, Herr, kennst es bereits.
Du umschließt mich von allen Seiten
und legst deine Hand auf mich.

Zu wunderbar ist für mich dieses Wissen,
zu hoch, ich kann es nicht begreifen.
Wohin könnte ich fliehen vor deinem Geist,
wohin mich vor deinem Angesicht flüchten?
Steige ich hinauf in den Himmel, so bist du dort;
bette ich mich in der Unterwelt, bist du zugegen.
Nehme ich die Flügel des Morgenrots
und lasse mich nieder am äußersten Meer,
auch dort wird deine Hand mich ergreifen
und deine Rechte mich fassen.
Würde ich sagen: „Finsternis soll mich bedecken,
statt Licht soll Nacht mich umgeben",
auch die Finsternis wäre für dich nicht finster,
die Nacht würde leuchten wie der Tag,
die Finsternis wäre wie Licht.

Denn du hast mein Inneres geschaffen,
mich gewoben im Schoß meiner Mutter.
Ich danke dir, daß du mich so wunderbar gestaltet hast.
Ich weiß: Staunenswert sind deine Werke.
Als ich geformt wurde im Dunkeln,
kunstvoll gewirkt in den Tiefen der Erde,
waren meine Glieder dir nicht verborgen.
Deine Augen sahen, wie ich entstand,
in deinem Buch war schon alles verzeichnet;

meine Tage waren schon gebildet,
als noch keiner von ihnen da war.
Wie schwierig sind für mich, o Gott, deine Gedanken,
wie gewaltig ist ihre Zahl!
Wollte ich sie zählen, es wären mehr als der Sand.
Käme ich bis zum Ende, wäre ich noch immer bei dir.

Wolltest du, Gott, doch den Frevler töten!
Ihr blutgierigen Menschen, laßt ab von mir!
Sie reden über dich voll Tücke
und mißbrauchen deinen Namen.
Soll ich die nicht hassen, Herr, die dich hassen,
die nicht verabscheuen, die sich gegen dich erheben?
Ich hasse sie mit glühendem Haß;
auch mir sind sie zu Feinden geworden.
Erforsche mich, Gott,
und erkenne mein Herz,
prüfe mich, und erkenne mein Denken!
Sieh her, ob ich auf dem Weg bin, der dich kränkt,
und leite mich auf dem altbewährten Weg!

Tips für die persönliche Betrachtung

Im folgenden lesen wir einige Abschnitte aus dem Alten und dem Neuen Testament nach der Methode der *lectio divina*, der geistlichen Schriftlesung. In der Betrachtung (*meditatio*) dieser Stellen versuchen wir jeweils die Botschaft des biblischen Textes zu verstehen. Im Anschluß daran sollte jeder persönlich versuchen, weiter darüber nachzudenken und mit Gott ins Gespräch zu kommen. Wie kann das aussehen, wenn man allein ist? Ich möchte Euch für die persönliche Besinnung fünf Schritte vorschlagen. Ihr müßt nicht alle durchlaufen, sondern könnt durchaus bei einem Punkt verweilen:

1. *Den betreffenden Text nochmals lesen und bearbeiten.* Ihr könnt die Bibel zur Hand nehmen und die jeweiligen Abschnitte erneut lesen, wichtige Wörter, die Euch getroffen haben, unterstreichen und den Text mit Ausrufe- und Fragezeichen versehen.

2. *Biblische Parallelen suchen.* Vielleicht fallen Euch andere biblische Stellen ein, die mit der, die Ihr gerade lest, verwandt sind. Es kann sich um zwei Arten von Parallelen handeln: entweder um eine Erzählung mit dem gleichen Thema oder um ein biblisches Gebet, das zu der betreffenden Stelle paßt. Hier bieten sich besonders die Psalmen an. Manche Psalmverse oder auch ganze Psalmen sind wie ein Kommentar in Gebetsform zu bestimmten Abschnitten der Bibel. Die Anfangsverse von Psalm 139 sind gewissermaßen ein Kommentar zu unseren Fragen: „Wer bin ich, und wer

bist du?“ Der Psalmist sagt: „Herr, du hast mich erforscht und du kennst mich.“

3. *Bitten.* Wir können den Herrn immer um etwas bitten oder ihn, ausgehend von der betreffenden Bibelstelle, fragen: „Herr, worum soll ich dich bitten? Was brauche ich? Was wünsche ich, Herr, das du mir zu verstehen gibst?“ Bitten ist schon Gebet.

4. *Sich anbieten.* Bitten wir nicht nur, sondern geben wir auch: „Herr, ich möchte dir etwas anbieten, dir etwas von mir selbst schenken. Was möchtest du von mir? Was hättest du gern, das ich dir gebe?“

5. *Sich ein Programm machen.* Vielleicht gibt mir der biblische Text zu verstehen, daß es wichtig ist, etwas zu unternehmen: Vielleicht könnte ich eine bestimmte Aufgabe besser erfüllen als bisher; vielleicht kann ich mich irgendwo engagieren ...

Diese fünf Punkte schriftlich festzuhalten kann die persönliche Reflexion erleichtern. Gut wäre es, sich im Anschluß an die einzelnen Kapitel ein wenig Zeit für die persönliche Betrachtung zu nehmen. Eine halbe Stunde dürfte kaum reichen, um auf alles einzugehen, aber gewiß ist es ein lohnender Einstieg, tiefer in die Texte einzudringen.

Danke, daß ich bin!

Im Lukasevangelium steht eine Geschichte, in der sich uns die Fragen „Wer bin ich, und wer bist du?" geradezu aufdrängen. Es handelt sich um die Auferwekkung des Sohnes einer Witwe aus Naïn:

„Einige Zeit später ging Jesus in eine Stadt namens Naïn; seine Jünger und eine große Menschenmenge folgten ihm. Als er in die Nähe des Stadttors kam, trug man gerade einen Toten heraus. Es war der einzige Sohn seiner Mutter, einer Witwe. Und viele Leute aus der Stadt begleiteten sie. Als der Herr die Frau sah, hatte er Mitleid mir ihr und sagte zu ihr: Weine nicht! Dann ging er zu der Bahre hin und faßte sie an. Die Träger blieben stehen, und er sagte: Ich befehle dir, junger Mann: Steh auf! Da richtete sich der Tote auf und begann zu sprechen, und Jesus gab ihn seiner Mutter zurück. Alle wurden von Furcht ergriffen; sie priesen Gott und sagten: Ein großer Prophet ist unter uns aufgetreten: Gott hat sich seines Volkes angenommen. Und die Kunde davon verbreitete sich überall in Judäa und im ganzen Gebiet ringsum" (Lk 7,11-17).

Bei unserer Reflexion möchte ich den Schwerpunkt auf den Jungen legen, auf den Moment, in dem Jesus ihn anspricht. Stellen wir uns vor, wie der Junge aufsteht, Jesus in die Augen schaut und sich fragt: „Wer bin ich? Und wer bist du?" Um uns an diesen entscheidenden Punkt heranzutasten, werfen wir zunächst einen Blick auf ähnliche biblische Abschnitte.

Jesus ist der Herr des Lebens

Eine vergleichbare Erzählung ist die Auferweckung des Lazarus, die wir im Johannesevangelium finden (Joh 11,1-44). Auch hier sehen wir Jesus im Angesicht des Geheimnisses von Tod und Leben, auch hier findet ein Mensch zu neuem Leben. Der Evangelist Markus berichtet von der Heilung der Tochter des Jaïrus (Mk 5,21-43); diese Erzählung hat eine Parallele im Lukasevangelium (Lk 8,40-56). Ferner gibt es einen bewegenden Abschnitt im Alten Testament: die Erzählung vom Propheten Elija, der mit dem Tod eines Jungen konfrontiert wird, des einzigen Kindes jener Frau, die ihn aufgenommen hatte (1 Kön 17,17-24).

Wenn wir uns diese Parallelstellen vergegenwärtigen, sehen wir die dramatische Erzählung von Naïn in einem größeren Zusammenhang: Es geht um die Grundgeheimnisse der Existenz, um Leben und Tod. Die Botschaft, die in diesen Stellen zum Ausdruck kommt, ist stets die gleiche: Jesus ist der Herr des Menschen und des Lebens.

Die Kraft des Auferstandenen

Bei einer genaueren Betrachtung der Erzählung fallen weitere Elemente auf, durch die sie in das Ganze der Heiligen Schrift eingebettet ist. Jesus sagt zu der Frau: „Weine nicht!“ (Lk 7,13). Wörtlich übersetzt heißt es: „Nicht weiter weinen!“ (das griechische Original, *me klaie*, ist ein Imperativ Präsens, der Dauer beinhaltet). Hier kommt uns die Frage Jesu an Maria Magdalena nach seiner Auferstehung in den Sinn: „Frau, warum fährst du fort zu weinen?“ (Joh 20,13). Da spricht der auferstandene Herr – ein Hinweis auf die Lebenskraft, die in Jesus ist. Er ist fähig, den Tränen der Menschen zu begegnen; er, der Auferstandene, besitzt eine Kraft, eine Energie, die er in der Geschichte wirksam werden läßt.

Von daher können wir verstehen, warum Jesus „der Herr“ genannt wird (Lk 7,13). Dieser Titel kommt in den Evangelien nicht sehr oft vor; lieber sprechen sie vom „Meister“, von „Jesus von Nazareth“ oder einfach von „Jesus“. Die Bezeichnung „der Herr“ ist eine Proklamation des Königtums Jesu, der sich in seiner Auferstehung als Sieger erweist. Schon durch die Art und Weise, wie Lukas uns das Wunder der Erweckung des jungen Mannes erzählt, stellt er uns die Macht Jesu über Leben und Tod, die größten Mächte der Geschichte, vor Augen.

JESUS LIEBT DIE MENSCHEN

„Als der Herr die Frau sah, hatte er Mitleid mit ihr.“ – Jesus „hatte Mitleid“, griechisch: *esplanchnisthe*. Die Wurzel dieses Verbs ist *splanchna* (= Eingeweide, Herz). Wir könnten also übersetzen: Jesus wurde im Innersten erschüttert. Ihn überkommt eine starke Rührung; denn er steht vor einem Geheimnis, vor dem Negativsten, das es im Leben des Menschen gibt: vor dem Tod.

Das Wort „Erschüttert-Werden“ steht auch im Gleichnis vom barmherzigen Samariter. Dort ist die innere Erschütterung die Kraft, die den Samariter drängt, sich einem Bruder zuzuwenden, ihm ein „Nächster“ zu werden. Auch in der Erzählung von der „Brotvermehrung“ heißt es, daß Jesus beim Anblick der Menge „zuinnerst bewegt“ war.

Im Lobpreis des Zacharias begegnet uns das Wort *splanchna* selbst: „Durch die barmherzige Liebe (*dia splanchna eleus*) unseres Gottes wird uns besuchen das aufstrahlende Licht aus der Höhe“ (Lk 1,78). Es weist uns hin auf die leidenschaftliche Liebe Gottes zum Menschen, auf die tiefe Betroffenheit Jesu, auf sein Mit-Leid mit uns, das ihn drängt, sich um jeden einzelnen zu sorgen.

GOTT IST BARMHERZIG

Der Abschnitt endet mit den Worten: „Alle wurden von Furcht ergriffen; sie priesen Gott und sagten: ... *Gott hat sich seines Volkes angenommen*“ (Lk 7,16-17). Man kann auch übersetzen: „Gott hat sein Volk besucht.“ Hier wird der Lobpreis des Zacharias wieder aufgegriffen: „Gepriesen sei der Herr, der Gott Israels! Denn er hat sein Volk besucht und ihm Erlösung geschaffen“ (Lk 1,68). Nach Lukas schauen die Leute in der Episode von Naïn die sichtbar werdende Barmherzigkeit Gottes: Gott besucht sein Volk. Mit einem Blick voller Glauben erkennen sie hier die Gegenwart Gottes, des Schöpfers und Erlösers des Menschen.

Ich habe nur einige Einzelheiten herausgestellt; zu dem Text wäre noch viel mehr zu sagen. Gerade darin besteht die Schönheit der Heiligen Schrift: Jedes Wort, jede Zeile ruft eine andere in Erinnerung. Alle zusammen geben uns eine Vorstellung von der Größe Gottes, der sich uns zeigt, während wir diese oder jene Stelle lesen.

Anstösse zur persönlichen Betrachtung

Nach dieser kurzen Einbettung der Erzählung in den größeren Zusammenhang der Heiligen Schrift wollen wir nun anhand einiger einfacher Fragen den Text vertiefen:
– Was hat der junge Mann in dem Augenblick, in dem er wieder zum Leben kam, gesagt? Dies ist der entscheidende Punkt unserer Reflexion.
– Was hat er erfahren?
– Was hat Jesus gesagt?
– Warum hat Jesus diese Worte gesagt?
– Welche Konsequenzen können wir daraus ziehen? Wie können wir die Kraft, die in der Erzählung liegt, in unserem eigenen Leben wirksam werden lassen?

1. *Was hat der junge Mann gesagt?* – Der Text gibt uns keine genaue Auskunft. Aber es ist bemerkenswert, daß es in Vers 15 heißt: Der Junge erhob sich, setzte sich hin „und begann zu sprechen". Warum schreibt Lukas nicht, daß er begann, sich zu bewegen, oder daß er ganz aufgeregt war usw.? Das Wort, die Fähigkeit, sich auszudrücken, ist *das* Kennzeichen einer lebendigen menschlichen Person. Ein Mensch wird eine reife Person, wenn er sich auszudrücken vermag, wenn er sprechen kann, nicht dadurch, daß bloß die

biologischen Lebensprozesse ablaufen und er sich bewegen kann. Jesus schenkt dem jungen Mann die Sprache wieder, so daß er fähig ist, sich mitzuteilen.

Das Evangelium sagt nicht, *was* der Junge gesagt hat. Es bleibt uns und unserer Phantasie überlassen, darüber nachzudenken; die Heilige Schrift regt uns auch an, kreativ zu werden. Versetzen wir uns also in die Lage des jungen Mannes: Als er Jesus anschaute, ist ihm aufgegangen, daß er ihm alles verdankt; er hat Jesu schöpferische Macht erkannt und wird ihm schlicht und einfach gesagt haben: „Danke, Herr! Danke!“ Das dürfte der Grund dafür sein, daß der Evangelist schreibt, daß der Junge zu sprechen begann.

Wer sich bewußt wird, daß er von Gott geliebt ist, daß er das Leben und alles, was er hat, von Gott empfangen hat, ruft aus: „Danke, Herr!“ Wer bin ich, und wer bist du? Ich bin jemand, der gelernt hat, danke zu sagen.

Dieses erste Wort läßt sich weiter ausfalten: „Danke; ich verdanke dir alles!“ Wenn ich das erfasse, wenn ich dem Herrn beim Gebet „in die Augen schaue“ und dies ehrlich und überzeugt sagen kann, fange ich an, mir meiner selbst bewußt zu werden:

„Danke, mein Gott. Ich verdanke dir alles. Du bist es, der mir das Leben gegeben hat, die Sprache, das Sein, den Verstand, die Bewegungsfähigkeit, die Eltern, das Zuhause, die Gesundheit, die Kraft und auch die Schwachheit. Ich verdanke dir alles.“

Bei einem Pastoralbesuch in einer Stadtrandgemeinde von Mailand habe ich vor einiger Zeit einen 35jährigen

Mann besucht. Bis zum 14. Lebensjahr konnte er sich noch im Rollstuhl bewegen; seither lag er gelähmt und fast völlig bewegungsunfähig im Bett. Mit Mühe sagte er mir: „Ich danke Gott! Ich danke ihm für alles, was er mir gegeben hat. Ich danke ihm, weil er alles für mich ist.“ Und er fügte hinzu: „Mein Gott, ich danke dir! Jesus, du bist alles für mich. Ich danke dir für alles, was du mir geschenkt hast, und für alles, was ich bin.“ Er hat sich selber, sein ganzes Leben vorbehaltlos Gott geschenkt. Ich kam mir vor diesem jungen Mann, der sich ganz Gott geschenkt hatte und seine Krankheit ohne ein Wort der Klage lebte, erbärmlich vor. Seine Augen strahlten große Freude, eine unsagbare Kraft aus. Ich sagte mir: Das ist ein Mensch, der wirklich erfahren hat, wer Gott für ihn ist. Das ist jemand, der Gott gegenüber danke sagen kann. – Wenige Tage darauf wurde mir berichtet, daß er gestorben sei. Ich habe erfahren, daß er viele Leute, die ihn besuchten, froh gemacht hat; auch Berufungen sind durch ihn geweckt worden. Einem Freund hatte er gesagt: „Ich glaube, der Herr ruft dich auf diesen Weg. Denkst du nicht, das dies dein Leben ist?“ – Ich habe diese Begebenheit erzählt, weil ich im Leben dieses Menschen eine erfüllte Antwort auf die Fragen sehe: Wer bin ich, und wer bist du?

„Mein Gott, du bist alles für mich. Ich schenke dir mein Leben, so wie es ist, mit all seinen Schwierigkeiten; denn alles liegt in deinen Händen.“

Auf dem Hintergrund dieser tiefen Ahnung, dieses ersten, grundlegenden Gesprächs kann sich unsere wahre Persönlichkeit entwickeln.

2. *Was hat der junge Mann von Naïn erfahren?* – Als er Jesus anschaute, hat er erfahren, was es heißt, wirklich von Gott geliebt zu sein. Er hat gespürt, was es heißt, verstanden und ernst genommen zu werden; er hat verstanden, was es heißt, daß das Leben in den Händen Gottes Wert hat. Auch wir können uns in dieses Gespräch mit Gott einüben:

„Herr, du verstehst mich. Du nimmst mein Leben ernst. Manchmal laufe ich Gefahr, mit meinem Leben zu spielen. Doch du schaust auf mich; denn du hast mich gemacht, du hast mich erschaffen und mir das Leben gegeben. Du schaust mich an in einer Weise, daß ich mich wirklich ernst genommen und zutiefst verstanden fühle."

Es ist schwierig, voll und ganz verstanden zu werden. Manchmal leiden wir darunter, daß nicht einmal unsere Eltern uns verstehen. Es kommt auch vor, daß wir selbst nicht wissen, wie wir uns richtig verständlich machen können. Nur vor Gott können wir sagen: „Herr, du verstehst mich bis auf den Grund; du weißt, wer ich bin, und du zeigst dich mir."

Machen wir uns einmal die Mühe, uns in den jungen Mann von Naïn nach seiner Auferweckung hineinzuversetzen. Dann entdecken auch wir: Wir sind von Gott geschaffen; er schätzt uns. Unser Leben kommt aus seiner schöpferischen Liebe, wir sind von ihm gewollt.

3. *Was hat Jesus gesagt?* – Die Antwort Jesu „Junger Mann, dir sage ich: Steh auf!" enthält drei Elemente:

„Junger Mann ..." – Der Begriff bezeichnet einen

Jungen wie viele andere: das Kind einer Witwe, die weint, einen, der zu einer bestimmten Gruppe, zu einem bestimmten Volk gehört. Jesus spricht ihn zunächst ganz allgemein als „jungen Mann" an, als jemand, der in einem bestimmten gesellschaftlichen und familiären Umfeld lebt.

„*Dir* sage ich ..." – Damit wendet Jesus sich ihm ganz persönlich zu, in seiner absoluten Einmaligkeit: „*dir*" – nicht irgendeinem.

„Dir sage ich: *Steh auf!*" – Wenn dieses Wort im Neuen Testament erscheint, klingt „Auferstehung" an. Steh auf!, das bedeutet: Lebe! Es gibt ein neues Leben für dich! Du hast eine ganz neue Möglichkeit zu leben!

Die drei Elemente, die Jesus in diesem Satz ausspricht, helfen uns auch bei der Beantwortung der Fragen: Wer bin ich, und wer bist du? – Ich bin Teil einer bestimmten familiären und gesellschaftlichen Gruppe. Jeder von uns ist Kind seiner Eltern, Teil der Gesellschaft, einer religiösen, kulturellen oder irgendeiner menschlichen Gruppe. Als solcher ist er von Gott geliebt; Gottes Ruf an uns ergeht in unsere jeweilige Geschichte hinein, in das Umfeld, in dem wir leben.

„Du, Herr, hast mich geliebt, du hast mich besucht in der Familie, in der ich lebe, in dem Beziehungsgeflecht mit meinen Eltern, Geschwistern, Verwandten und Freunden - Menschen, die unmittelbar teilhaben an der Erfahrung meiner Existenz. Du hast mich gewollt und du liebst mich als einen, der Beziehungen zu anderen hat, beispielsweise in der Schule, als einen, der in ein bestimmtes kulturelles und gesellschaftliches Gefüge eingebunden ist."

In dieses Gefüge hinein spricht Gott ein ganz persönliches, unwiederholbares Wort zu mir: „Dir sage ich", dir – und niemand anderem. Um zu verstehen, wer wir sind, müssen wir uns der Einmaligkeit unserer persönlichen Geschichte bewußt werden. Das Leben eines jeden von uns ist so einzigartig, daß Gott es um seinetwillen gewollt hat, unabhängig von dem aller anderen. Hierin liegt die absolute Würde meiner Person: *Gott will mich um meiner selbst willen.* Ihm liegt die Einzigartigkeit meines Lebens, meines Weges am Herzen, auch wenn ich den Eindruck haben sollte, daß mein Leben wenig interessant und nichts Besonderes ist. Gott hat *meine* Geschichte im Sinn; er hat *mein* Leben in der Hand. Er will uns gegen niemanden eintauschen, weil wir einen endgültigen, unersetzlichen Wert haben. Gott hat sich auf seine Kosten für meine ganz persönliche Geschichte verbürgt. Vielleicht denken wir wenig an diese Wahrheit und halten uns für unwichtig, doch gerade darin liegt die Quelle unserer personalen Würde. Die Wurzel, der Ursprung unseres Mit-den-anderen-Seins, der Grund des Gemeinschaft-Bildens und unserer Kreativität liegt in jenem Wort: „Dir sage ich!". Es ist wichtig, und sei es nur für einen einzigen Augenblick, im Gebet einmal die Schönheit dieser Worte zu erkennen:
– „Dir sage ich!"
– „Herr, tatsächlich *mir*?"
– „Ja, genau dir!"
– „Wirklich, Herr, du, der du das Universum geschaffen hast, der du von Ewigkeit her und in alle Ewigkeit lebst, du sagst mir dieses Wort?"
– „Ja, dir sage ich es – für dich!"

Wir dürfen nie aufhören, über diese Wahrheit zu staunen. Wir können annehmen, daß der gelähmte junge Mann auf dem Sterbebett ausrufen konnte: „Ich danke dir, Gott, für alles, was du für mich getan hast.“ Er hatte gelernt, sein Leben als einen Plan der Liebe Gottes zu sehen.

In der Taufe hat Gott das Wort, das er über mich ausgesprochen hat, als er mir das Leben schenkte, voller Liebe wiederholt. – Wer bin ich? Ich bin jemand, der von Gott in der Taufe gerufen wurde: „Steh auf, lebe das Leben Christi, lebe ein neues Leben, bring die Möglichkeiten deines Lebens zur Entfaltung!“

4. *Warum hat Jesus diese Worte gesagt?* – Eine Antwort gibt uns das schon besprochene Wort vom inneren Ergriffensein Jesu. Gott ist zärtliche, leidenschaftliche Liebe – für mich; Gott empfindet Leidenschaft für mich. Wir könnten darüber nachdenken, indem wir in Ruhe das Vaterunser beten und uns dabei vergegenwärtigen: Gott ist mein Vater; er will mein Vater sein. Und ich, was kann ich für ihn sein?

5. *Welche Konsequenzen können wir für uns ziehen? Wie kann die Kraft, die in dieser Erzählung steckt, in unserem Leben fruchtbar werden?* – Erinnern wir uns an Vers 16: Gott hat sein Volk besucht. Wenn er uns, wenn er jeden von uns besucht hat, dann heißt das, daß Gott in uns wohnen kann. Das gibt uns eine ganz neue Sicht des Menschen: in uns, in allen Menschen kann das Geheimnis Gottes offenbar werden. In dieser Sicht des Glaubens können wir entdecken, wie Gott sich in der Geschichte zeigt. Unsere Probleme und Schwierig-

keiten, unsere Abneigungen, die Mühe mit dem Lernen, Müdigkeit, Frust und Langeweile, schlechtes Wetter und der manchmal graue Alltag, selbst eine eventuelle Krankheit, kurz: alles wird uns dann die Gegenwart Gottes in unserem Leben offenbaren. Und dann geht uns auf, was es eigentlich bedeutet, zu wissen, wer ich bin: Ich bin ein Wunder Gottes, in mir zeigt er sich in der Geschichte.

„Und wer bist du, Herr? Du bist der, der sagt: Zu dir, ja zu dir spreche ich! Lebe dein Leben in Fülle, und hab keine Angst, fürchte dich nicht! Es ist nicht wichtig, wenn du meinst, du hättest nicht viele Talente, du würdest dies und jenes nicht zustande bringen ... Denn ich bin mit dir, und das *ist dein Leben.“*

Es ist schwer, sich verständlich zu machen!

Wir haben das grundlegende Gespräch des Menschen mit Gott betrachtet: Der Mensch stellt sich so, wie er ist, vor Gott und sagt: „Mein Gott, ich danke dir. Du bist alles für mich!“, und Gott antwortet: „Lebe, wach auf, tu etwas!“

Ein solcher Dialog ist nicht immer leicht; unterschiedliche Schwierigkeiten können ihn verhindern. Wir sind Partner in einem Gespräch, das uns manchmal kompliziert erscheint; wir winden uns und tun uns schwer, uns auszudrücken. In der folgenden Meditation werden wir uns damit beschäftigen. Wir knüpfen an einen Abschnitt des Evangeliums an, der von einem Jungen handelt, dessen Beziehung zu Jesus sich außerordentlich schwierig gestaltet. Nicht einmal die Apostel schaffen es, ein Gespräch mit ihm zuwege zu bringen; in diesem Fall ist das ganze Gewicht der Person Jesu selbst vonnöten.

Die Heilung eines kranken Jungen

„Als sie zu den anderen Jüngern zurückkamen, sahen sie eine große Menschenmenge um sie versammelt und Schriftgelehrte, die mit ihnen stritten. Sobald die Leute Jesus sahen, liefen sie in großer Erregung auf ihn zu und begrüßten ihn. Er fragte sie: Warum streitet ihr mit ihnen? Einer aus der Menge antwortete ihm: Meister, ich habe meinen Sohn zu dir gebracht. Er ist von einem stummen Geist besessen; immer wenn der Geist ihn überfällt, wirft er ihn zu Boden, und meinem Sohn tritt Schaum vor den Mund, er knirscht mit den Zähnen und wird starr. Ich habe schon deine Jünger gebeten, den Geist auszutreiben, aber sie hatten nicht die Kraft dazu. Da sagte er zu ihnen: O du ungläubige Generation! Wie lange muß ich euch noch ertragen? Bringt ihn zu mir! Und man führte ihn herbei. Sobald der Geist Jesus sah, zerrte er den Jungen hin und her, so daß er hinfiel und sich mit Schaum vor dem Mund auf dem Boden wälzte. Jesus fragte den Vater: Wie lange hat er das schon? Der Vater antwortete: Von Kind auf; oft hat er ihn sogar ins Feuer oder ins Wasser geworfen, um ihn umzubringen. Doch wenn du kannst, hilf uns; hab Mitleid mit uns! Jesus sagte zu ihm: Wenn du kannst? Alles kann, wer glaubt. Da rief der Vater des Jungen: Ich glaube; hilf meinem Unglauben! Als Jesus sah, daß die Leute zusammenliefen, drohte er dem unreinen Geist und sagte: Ich befehle dir, du stummer und tauber Geist: Verlaß ihn, und kehr nicht mehr in ihn zurück! Da zerrte der Geist den Jungen hin und her und verließ ihn mit lautem Geschrei. Der Junge lag da wie tot, so daß alle Leute sagten: Er ist gestorben. Jesus aber faßte ihn an der Hand und richtete ihn auf, und der Junge erhob sich.

Als Jesus nach Hause kam und sie allein waren, fragten ihn seine Jünger: Warum konnten denn wir den Dämon nicht austreiben? Er antwortete ihnen: Diese Art kann nur durch das Gebet ausgetrieben werden" (Mk 9,14-29).

Soweit der Markustext. Die Parallelen bei Matthäus und Lukas können wir hier nicht untersuchen; ich möchte nur kurz etwas zum Kontext sagen: In allen drei Evangelien steht die Geschichte nach der Erzählung von der Verklärung Jesu, das heißt, nachdem Jesus sich in seiner Macht offenbart hat.

Als Jesus vom Berg herabsteigt, trifft er auf eine große Menschenmenge. Die Leute wundern sich: Woher kommt er? Warum war er nicht hier? Sie laufen ihm entgegen und erklären ihm, wo das Problem liegt. Für den Leser des Evangeliums, der zuvor in der Episode von der Verklärung erfahren hat, wie groß und mächtig Jesus ist, ist es nun ein Leichtes zu erkennen, welche Macht er auch über den Menschen, über jeden von uns hat. Hier verbinden sich die beiden Fragen: Wer bin ich, und wer bist du?

„Jesus, wenn ich entdecke, daß du mächtig und groß bist, kann ich auch erkennen, wer ich bin; ich vermag besser meine Schwierigkeiten und Probleme zu sehen, die du, Herr, lösen kannst."

Hindernisse für den Dialog

Der Junge wird vom Evangelisten zunächst beschrieben als einer, der einen „stummen Geist" hat; er kann sich nicht ausdrücken. Es ist schlimm und geht uns sehr nahe, wenn wir uns nicht verständlich machen können, wenn wir blockiert sind und uns verschließen, wenn es uns nicht mehr gelingt, mit Gott und den Mitmenschen zu sprechen. Vielleicht ist gerade dies die Strategie des Bösen, von dem in der Geschichte die Rede ist: Er bemächtigt sich eines Jungen, der eigentlich in einem Alter ist, in dem sich die eigene Persönlichkeit entfaltet. Der Widersacher versucht die Entwicklung des Menschen auf verschiedene Weise zu bremsen, so daß dieser sich in sich selbst verschließt. Dabei gehen die Freude und jede Initiative verloren. Man denkt nur noch an sich, man möchte genießen, ist auf Äußerlichkeiten und oberflächliche Gefühle aus und will „seinen Spaß haben". Eine wirkliche Offenheit für andere, zu der die Erziehung im Grunde hinführen will und die eine reife Person kennzeichnet, wird dann unmöglich.

Das Evangelium zeigt uns den Jungen in drei Entwicklungsstadien: In Vers 17 wird er beschrieben als jemand, der nicht spricht. In Vers 18 kommt seine Unausgeglichenheit zum Vorschein; der Wechsel seiner Launen erscheint geradezu gewaltsam: Er bewegt und erregt sich, Schaum tritt ihm vor den Mund, er knirscht mit den Zähnen und wird starr. Es handelt sich um eine dramatische Darstellung eines Menschen, der von seinen Gefühlen und inneren Spannungen beherrscht wird und nicht in der Lage ist, sich auszudrücken. In den Versen 20 und 22 schließlich wird er gar als jemand dargestellt, der sich selbst Schaden zufügt: Er wirft sich ins Wasser oder ins Feuer. Es gibt solche Fälle psychischer Krankheiten, in denen sich jemand selbst Schmerzen zufügt und versucht, sich zu verletzen. Die drei Phasen stellen den Niedergang einer Person dar; in der Geschichte des Evangeliums erscheinen sie als krankhafte Verhaltensweisen. Wir können sie freilich auch übertragen deuten, als Bilder für subtilere Verhaltensweisen, die dem Dialog mit Gott und den Mitmenschen entgegenstehen und das Verständnis von uns selbst und von Gott beeinträchtigen oder verhindern. Gehen wir sie Punkt für Punkt durch.

Die Unfähigkeit, sich auszudrücken, ist das deutlichste Zeichen, daß sich die Persönlichkeit eines Menschen nicht entwickelt. Im Grunde zielt die Ausbildung darauf hin, daß jemand lernt, sagen zu können, was er denkt. Die schulische Bildung, die Lektüre klassischer Autoren, die sprachliche Ausbildung, aber auch mathematisch-naturwissenschaftliche Fächer, der Geschichtsunterricht usw. – all das dient auch dazu, den Reichtum der Sprache kennenzulernen, in der der Mensch sich selbst zum Ausdruck gebracht hat. Leider gibt es immer noch viele Erwachsene, die kaum mehr Wörter benutzen können, als sie für ihr alltägliches Leben brauchen. Vielleicht sehen sie fern und hören Radio, doch ihre Fähigkeit, sich auszudrücken, ist kaum entwickelt. Eine solche Blockade dürfte es nicht geben; denn der Mensch ist dafür geschaffen, sich einen großen Reichtum an Werten zu eigen zu machen und ihn auch zum Ausdruck bringen zu können.

Gerade im Alter zwischen zehn und zwanzig Jahren nimmt das Kombinationsvermögen immer mehr zu. Es wächst mit zunehmender Beherrschung des Wortschatzes, mit der Fähigkeit, Gefühle besser in Worte zu fassen und ihnen Ausdruck zu verleihen. Deshalb ist die Bildung so wichtig. Das mühsame Lernen in vielen Fächern zielt darauf hin, bestimmte Aspekte der Wirklichkeit kennenzulernen; aber es soll uns auch helfen, uns selbst und die Wirklichkeit, die wir kennenlernen, auszudrücken – in einer Vielfalt von Bildern oder in einer treffenden, nüchternen Sprache. Warum schätzen wir große Schriftsteller? Weil sie über einen großen Reichtum an Ausdrucksformen verfügen. In ihren Worten kommt das menschliche Herz zum Vorschein, das Denken und Empfinden der Menschen ihrer Zeit leuchtet auf, ja, etwas vom Denken der Menschen aller Zeiten. Wenn ich als Bischof ein Buch über einen Mitbruder lese, finde ich darin oft mich selbst, meine Wünsche und meine Ängste wieder. Wir leben in einer Welt, die durch einen großen Reichtum an Ausdrucksformen geprägt ist, der oft von menschlicher und christlicher Reife zeugt.

Sicher meldet sich auch eine andere „Stimme" in uns, die uns einflößt: Aber nein, das alles ist nicht nötig; es reichen wenige Wörter, wenige Kenntnisse, wenige Orientierungspunkte! – Diese Stimme redet uns ein, daß wir um die Mühe, uns vielfältig und genau auszudrücken, herumkommen können. Jeder hat wohl Jugendliche in seinem Bekanntenkreis, die nur einsilbig reden, die nur in ihrem Jargon sprechen, die ständig dieselben Slogans wiederholen. Sie sind kaum fähig, ein Gespräch zu führen, das über zwei, drei Themen hinausgeht: den Sport, das Spiel und vielleicht noch das eine oder andere.

Eine Person aber entwickelt sich durch den Reichtum des Wortes. Natürlich ist die Art zu sprechen von Mensch zu Mensch verschieden. Wir haben unterschiedliche Talente, die sich mit der Zeit entfalten können. Ich weiß noch gut, wie schwer ich mich als 14- oder 15jähriger getan habe, in der Öffentlichkeit zu reden. Ich hatte Angst und wurde schnell verlegen. Die Fähigkeit zu sprechen braucht Zeit, um sich zu entfalten. Wichtig ist, daß man sich anstrengt, und damit ist auch das Bemühen um eine gewisse Bildung verbunden. Die tiefen Intuitionen und Erkenntnisse, die der Mensch über die Natur, die Geschichte, die

Wissenschaft gewonnen hat, sind ein Zeugnis für den Reichtum menschlicher Ausdrucksfähigkeit. Gerade als Jugendlicher sollte man die Anstrengung auf sich nehmen, sich möglichst viele Kenntnisse anzueignen. Das hilft, sich selbst besser zu verstehen und mit möglichst vielen Leuten leichter ins Gespräch zu kommen.

Eine zweite Gefahr betrifft die *ungeordneten Gefühle*. Der stumme Geist, so das Evangelium, überfällt den Jungen und wirft ihn zu Boden; dem Jungen tritt Schaum vor den Mund, er knirscht mit den Zähnen und wird starr. – Wie können wir dieses Verhalten auf unsere Situation übertragen? Wir könnten darin ein Bild für eine alltägliche Erfahrung sehen: die Erfahrung, daß Gefühle und Empfindungen wild in mir aufsteigen und keinen richtigen, geordneten Ausdruck finden. Sie blockieren mich und erzeugen eine innere Spannung. Vielleicht bin ich mir dieser Verkrampfung gar nicht recht bewußt. Sie kann sich in Unlust, Müdigkeit, schlechter Laune und Trägheit äußern; alles fällt einem schwer, und die Begeisterung ist weg. Wie oft hängen solche negativen Erscheinungen damit zusammen, daß die Gefühle in uns nicht richtig geordnet sind! Es ist wichtig, mich und meine tiefsten Gefühle zu verstehen, die mich erschrecken oder verschließen können. Es ist nicht leicht, sich dessen bewußt zu werden. Trotzdem kommt niemand darum herum, vor allem, wenn er einmal für andere Verantwortung tragen wird. Die geistlichen Führer des christlichen Orients haben denen, die als Mönch oder sonstwie als Jünger Christi leben wollten, als Bedingung gegeben: Bring Ordnung in deine Gedanken, in deine Phantasie und

Gefühle! Sonst verwirren und zerreißen sie dich; sie werfen dich hin und her, in die unterschiedlichsten Richtungen, und ohne daß du es merkst, verlierst du deine Kraft.

Wie können wir unsere Empfindungen, Zuneigungen, Gefühle und Gedanken ordnen? Sie müssen keineswegs etwas Schlechtes sein, nur kommen sie in den meisten Fällen ziemlich ungeordnet zum Vorschein. Wir müssen lernen, sie zu prüfen. In vier Bereichen könntet Ihr Euch einmal selber unter die Lupe nehmen:

– Zunächst die Phantasie: Wohin gehen meine Gedanken, wenn ich ihnen freien Lauf lasse?

– Dann Sympathien und Antipathien: Manchmal wird uns jemand auf einmal unsympathisch. Vielleicht hat er uns beleidigt oder schief angeschaut. Wenn ich meiner Abneigung nicht auf den Grund gehe, kann sich die Antipathie sehr leicht verfestigen.

– Ein weiterer Bereich ist die Affektivität. Es kommt vor, daß man unerwartet Zuneigung zu einem Menschen empfindet. Wichtig ist, sich dies bewußt zu machen; dann vermag man die Sache in ihren wirklichen Dimensionen zu sehen, ohne sie überzubewerten.

– Schließlich die Launen: Warum bin ich schlecht gelaunt? Vielleicht, weil es gerade regnet. Wenn ich verstehe, daß es deshalb ist, nehme ich meine Laune nicht mehr so wichtig und sage mir: Nur keine Panik, ich bin bloß ein bißchen schlecht drauf! – Ich suche eine Begründung für das, was in mir vorgeht.

Das Erwachsen-Werden hängt eng mit dieser wachsenden Fähigkeit zusammen, sich selbst zu befragen, sich in den Griff zu bekommen, Ordnung zu bringen in Phantasie, in Sympathien und Antipathien, in die Affektivität, in die Wellen überschwenglicher Begeisterung, in das Gefühl, leer und kalt zu sein. Wir sollten beginnen, uns besser kennenzulernen, und entdecken, daß unsere Mitteilungsfähigkeit und das Gespräch mit Jesus immer dann blockiert werden, wenn wir uns von den genannten Gefühlen einfach beherrschen lassen. Es ist klar, daß wir sie nicht verdrängen sollen. Wir werden immer Gefühle, Empfindungen, Eindrücke usw. haben, und sie sind ein großer menschlicher Reichtum. Ein reifer Mensch zeichnet sich dadurch aus, daß er seine Gefühle und Emotionen in rechter Weise lebt, so wie es den Beziehungen, den Mitmenschen und seiner Verantwortung entspricht.

Die dritte Gefahr ist schwerer zu greifen: *die Schädigung seiner selbst.* Es gibt Situationen, in denen wir Gefahr laufen, uns selbst Schaden zuzufügen: Wir geben uns ohne Grund die Schuld an irgend etwas; wir schneiden uns durch unser Verhalten ins eigene Fleisch; wir verlieren den Mut und genießen es, uns selbst zu bemitleiden. Da wir nun mal nicht vollkommen oder die Allerbesten sein können, gewinnen wir Geschmack daran, die Letzten zu sein und nichts wert zu sein. Dies alles sind verborgene Spielarten des Stolzes.

Es gibt noch viele andere Beispiele, die in diese Richtung gehen: Sobald uns jemand wenig freundlich anschaut oder übersieht, denken wir gleich, er hätte etwas gegen uns. Wenn wir nicht ganz zu Recht kritisiert werden, fühlen wir uns ungerecht und schlecht behandelt und verlieren das Gleichgewicht. Wir fühlen uns ganz „down“ und sind versucht, uns niederdrücken zu lassen, uns zu belasten und jeden Schwung zu verlieren. Während wir als zweites „Hindernis für den Dialog“ vor allem die ungeordneten Emotionen sahen, begegnet uns hier stärker die Spur des Bösen. Der Widersacher flößt uns ein: „Du schaffst das nicht; du wirst sicher aufgeben; du kannst der Versuchung nicht standhalten.“ Manchmal lassen wir uns auf etwas Schlechtes nur deshalb ein, weil wir uns und unsere Irritation oder Wut bestätigt sehen wollen. Wir lassen uns irreführen und blockieren die Reflexion über uns und das Gespräch mit Gott. Das Sprechen mit Gott sollte getragen sein von einer Atmosphäre der Freude, der Gelassenheit und des Friedens und von der Selbstbeherrschung.

Die Geschichte von dem jungen Epileptiker führt uns somit in drei Phasen vor Augen, wie die Ausdrucksfähigkeit abnimmt, wie Verhärtung und Grimm wachsen. Es wird unmöglich, auf die Fragen *Wer bin ich, und wer bist du?* zu antworten; man vermag kaum zu erkennen, wozu man im Leben berufen ist und welche guten Anlagen in einem sind.

Vielleicht hat der eine oder andere den Eindruck, daß ihn dies alles nicht betrifft. Er sagt sich: Ich habe einen guten Charakter, ich bin friedfertig, gelassen und immer fröhlich, und ich bin Gott dafür dankbar. – Ich glaube aber, daß so mancher – und mir selbst ist es auch so ergangen – Augenblicke erlebt hat, in denen ihm bewußt wurde, wie viele verschiedene Schichten in ihm sind – ganz tiefe und schwierige Schichten, die wir in den Griff bekommen sollten. Wir brauchen und sollten nicht die Augen vor bestimmten Situationen verschließen; unsere Reife zeigt sich vielmehr darin, daß wir lernen, mit dem eigenen schwierigen Menschsein umzugehen.

Wer bin ich? – Ich bin kein Heiliger und kein Engel; ich bin einer, der gute und schwierige Augenblicke durchlebt. Ich muß lernen, meine Schwierigkeiten vernünftig und im Geist des Glaubens zu sehen und anzugehen. Dann kann in mir ein Gespräch reifen, in dem ich tiefer erkenne, wer ich selbst bin und wer Gott ist, und ich werde verstehen, was ich in meinem Leben tun soll.

SCHRITTWEISE HILFE

Die schrittweise Hilfe, die dem Jungen zuteil wird, läßt sich anhand dreier Verben verdeutlichen: sich verständlich machen, Abstand gewinnen und glauben.

Sich verständlich machen: Der arme Kerl ist nicht imstande, irgend etwas zu tun. Doch sein Vater ist da, um ihm zu helfen. Er tritt an die Stelle seines Sohnes und macht deutlich, was nötig ist. Vor allem muß er erklären, was mit seinem Sohn vor sich geht. Wenn der Vater in sich verschlossen gewesen wäre und bloß gesagt hätte: „Da ist er; heilt ihn“, wäre nichts geschehen. Der Vater hingegen klärt die Lage, er bemüht sich um ein Gespräch, um Kommunikation. Dies kann für uns ein wertvoller Hinweis sein.

Ich empfehle den Jugendlichen und allgemein allen, die keine direkte geistliche Führung haben, die Beichte als Beicht*gespräch* zu nutzen: In einem solchen Gespräch beschränkt man sich nicht auf die Auflistung eigentlicher Sünden, sondern kann auch über Antipathien, Ängste, schlechte Launen und Widerstände sprechen. So lernt man, „sich auszusagen“, ins Gespräch zu kommen, und bemüht sich, sich so zu zeigen, wie man ist, sich vertrauensvoll verständlich zu machen. Denn wir wissen ja: *Jesus* hört uns zu, er liebt uns und möchte, daß wir uns selber kennenlernen.

Abstand gewinnen: Als Jesus die Erklärung des Vaters hört, fragt er: „Wie lange hat er das schon?“ Er zwingt den Vater, ein vollständiges Bild der Lage zu zeichnen und nicht in der augenblicklichen Angst steckenzubleiben. Jesus versucht das, was dem Jungen gerade widerfährt, einzubetten in sein ganzes Leben. – Es ist notwendig, daß wir von uns selbst Abstand gewinnen, daß wir unsere Fehler, unsere Mühen und Schwierigkeiten aus der Distanz sehen lernen. Anders gesagt: Wir müssen uns „objektivieren“. Es ist gut zu sagen: „Jetzt sehen wir mal, was mit mir vorgeht. Vielleicht bin ich müde, erschöpft, vielleicht habe ich in der Schule oder durch einen Freund eine Enttäuschung erlebt, vielleicht hat mich einer kritisiert ...“ Machen wir uns eine Liste der Schwierigkeiten, auch schriftlich, und gehen wir sie Punkt für Punkt durch. Wenn wir Abstand gewonnen haben, haben wir nicht mehr das Gefühl, daß uns das Wasser bis zum Halse steht. Wir merken, daß wir in einer bestimmten Weise gemacht sind, und können sagen: Wenn ich so bin, heißt das, daß der Herr, der mich ganz sicher liebt, einen bestimmten Plan mit mir hat; er möchte, daß ich einen Weg zurücklege, den er kennt, auch wenn ich noch nicht weiß, wie er aussehen wird. Ich möchte versuchen, diesen Weg zu verstehen. Auf diese Weise werde ich reifen und mich besser kennenlernen. Das heißt nicht, daß ich plötzlich vollkommen bin und keine Fehler mehr mache; es heißt auch nicht, daß ich von nun an keine schlechte Laune mehr habe und keine dunklen Zeiten mehr durchlebe. Es heißt vielmehr, die Schwierigkeiten, denen ich auch weiterhin begegne, in reifer Weise zu sehen, so wie sie sind, um dann weiterzusehen: „Nun gut, jetzt bin ich so. Wie kann ich vor Gott mit diesen Schwierigkeiten umgehen?"

Glauben ist das dritte Wort. Jesus führt den Menschen dahin, daß er sagen kann: „Ich glaube." *„Herr, ich vertraue auf dich, gerade weil ich so bin, wie ich bin. Ich habe entdeckt, daß ich so oder so bin, und ich weiß: Du bist mein Erlöser."*

Jetzt gewinnt auch die Frage: „Wer bist du?" eine neue Tiefe. *„Du bist nicht nur der, der mir das Leben geschenkt und mir verschiedene Möglichkeiten und Fähigkeiten gegeben hat. Du bist auch der, der mir in den tagtäglichen Nöten eine Hand reicht. Du hilfst mir, in einer Versuchung nicht schwach zu werden. Du reißt mich heraus aus meinen Schwierigkeiten."*

Ich beginne, Jesus wirklich kennenzulernen, wenn ich verstehe, daß er mich von den Ketten, aus der Dunkelheit und den Nöten des Lebens befreien kann, daß er mir nicht nur dann entgegenkommt, wenn ich ihn liebe und voller Begeisterung bin, sondern auch dann, wenn ich völlig niedergeschlagen bin. Jesus ist mit mir und möchte mir sagen: „Ich bin dein Heil." Den Herrn in dieser Weise zu kennen, so wie das Evangelium ihn uns zeigt, ist überaus kostbar. Manchmal beläßt der

Herr uns unsere Schwächen und Fehler, er läßt zu, daß wir Dinge versäumen und falsch machen, damit wir gerade dann zur Kenntnis von uns selbst finden und sagen lernen: „Herr, ich glaube an dich."

DIE BEFREIUNG

Jesus sagt: „Ich befehle dir, du stummer und tauber Geist: Verlaß ihn, und kehr nicht mehr in ihn zurück!" (Mk 9,23). Dies ist die Begegnung mit Jesus, dem Befreier. *„Herr, du bist mein Befreier, du bist mein Heil. Du machst mich zu einem wahren Menschen, zu einer Person, die sich auszudrücken und die negativen Tendenzen, die in uns sind, zu beherrschen vermag. Du bist mein Erlöser."*

Es ist etwas ganz Großes, Jesus in dieser Weise kennenzulernen und so mit ihm zu sprechen.

Christus ist alles für uns.
Möchtest du, daß die Wunden heilen? Er ist der Arzt.
Brennst du vor Fieber? Er ist die kühlende Quelle.
Bedrückt dich Unrecht? Er ist die Gerechtigkeit.
Brauchst du Hilfe? Er ist die Kraft.
Sehnst du dich nach dem Himmel? Er ist der Weg.
Fürchtest du den Tod? Er ist das Leben.
Willst du der Finsternis entkommen? Er ist das Licht.
Suchst du eine Speise? Er ist die Nahrung.

(Ambrosius)

Wer bin ich schon?

„Ich danke dir, Vater, denn unabhängig von dem, was wir tun können und was nicht, ob wir fähig sind zu beten oder nicht: du bist bei uns. Du verläßt uns nie. Wir danken dir; denn du leitest unser Nachdenken und unsere Einübung ins Gebet. Wir sind oft unaufmerksam, träge und lustlos beim Beten. Eigentlich würden wir gern mit dir sprechen, doch wenn es darauf ankommt, raffen wir uns nicht dazu auf. Du aber, Vater, bist voller Liebe und Aufmerksamkeit. Wir danken dir, wir loben dich und preisen dich, weil du so bist. Wir bitten dich, uns auf dem Weg zum echten Gebet beizustehen. Hilf uns, Phantasie und Gedanken zu sammeln, wenn wir vor dich hintreten; hilf uns, dir ein Opfer zu bringen, wenn es uns widerstrebt.

Herr, nimm das wenige, das wir haben, an. Wir schenken uns dir auch mit unserem Leib. Wir möchten auch äußerlich eine Haltung einnehmen, die dem Gebet entspricht. Vor allem bitten wir dich, Vater, in uns einen glühenden Glauben zu erwecken, damit wir die lebendige Kraft deiner väterlichen Gegenwart wahrnehmen. Darum bitten wir dich durch Jesus, deinen Sohn. Er hat oft gebetet: in der Nacht, auf dem Berg, am frühen Morgen, wenn er unterwegs war auf den Straßen Palästinas, im Tempel.

Jesus, du hast überall gebetet, auch am Kreuz. Erfülle du uns mit deinem Geist des Gebets. Erfülle unser Herz, unser Fühlen und unser ganzes Leben mit Frieden, damit wir mit dir und wie du beten können."

In neuen Variationen des Themas *Wer bin ich? Und wer bist du, Herr?* wenden wir uns nun einer Gestalt des Alten Testaments zu: David. Wir werden einige Aspekte seiner Person, die vornehmlich im 1. Buch Samuel deutlich werden, vertiefen. David ist zu einem großen, schwierigen Unternehmen berufen, das seine Kräfte übersteigt. Wir könnten unsere Reflexion überschreiben: „David im Kampf".

WEN HAST DU DA ERWÄHLT, HERR?

Der Prophet Samuel kommt nach Bethlehem, in die spätere Geburtsstadt Jesu. Samuel ruft eine Familie aus Bethlehem, die Familie von Isai, und sagt zu diesem, daß er ein Opfer darbringen will. Dann teilt er seinen Wunsch der ganzen Stadt mit, bittet Isai und seine Söhne, sie sollten sich für den Ritus vorbereiten und lädt sie zur Zeremonie ein. Er weiß noch nicht, welchen der Söhne Isais er salben soll. Als sie eingetreten sind, bemerkt er Eliab. Samuel denkt sich:

„Gewiß steht nun vor dem Herrn sein Gesalbter. Der Herr aber sagte zu Samuel: Sieh nicht auf sein Aussehen und seine stattliche Gestalt, denn ich habe ihn verworfen; Gott sieht nämlich nicht auf das, worauf der Mensch sieht. Der Mensch sieht, was vor den Augen ist, der Herr aber sieht das Herz. Nun rief Isai den Abinadab und ließ ihn vor Samuel treten. Dieser sagte: Auch ihn hat der Herr nicht erwählt. So ließ Isai sieben seiner Söhne vor Samuel treten, aber Samuel sagte zu Isai: Diese hat der Herr nicht erwählt. Und er fragte Isai: Sind das alle deine Söhne? Er antwortete: Der jüngste fehlt noch, aber der hütet gerade die Schafe. Samuel sagte zu Isai: Schick jemand hin, und laß ihn kommen. David war blond, hatte schöne Augen und eine schöne Gestalt. Da sagte der Herr: Auf, salbe ihn! Denn er ist es. Samuel nahm das Horn mit dem Öl und salbte David mitten unter seinen Brüdern. Und der Geist des Herrn war über David von diesem Tag an. Samuel aber brach auf und kehrte nach Rama zurück" (1 Sam 16,6-13).

Was zeichnet diesen David aus, den der Herr sich erwählt hat?

Zunächst stellen wir fest: *David wird nicht stolz.* Obwohl er sich gerade außerhalb Bethlehems befand, hatte man ihn sicher benachrichtigt, daß ein großer Prophet in die Stadt gekommen war. David hat bestimmt erfahren, daß Samuel bei ihm zu Hause eingekehrt war und seine Brüder einen nach dem anderen hatte rufen lassen. Man erwartet, daß David neidisch und irritiert reagierte: „Warum hat er nicht mich gerufen? Aber wer bin ich schon ... Alle verachten mich, weil ich der Jüngste bin. Sie lassen mich nicht einmal den Propheten sehen! Sie vergnügen sich, und mich lassen sie auf dem Feld die Schafe hüten ..." Doch David bildet sich nichts ein; er stellt keine Ansprüche. Er tut das, worum er gebeten worden war, und sagt sich: „Der Herr wird an mich denken." David ist kein Egoist, er sucht nicht den Streit und macht sich keine Sorgen um sich selbst. Er lebt in aller Einfachheit den Alltag, er versucht den Willen Gottes Tag für Tag da zu erfüllen, wo Gott ihn hinstellt.

So bleibt er ruhig und tut seine Pflicht, auch als er erfährt, was bei ihm zu Hause vor sich geht. Er weiß um seinen Wert, und doch ist er gelassen und versteht es, das tagtägliche Leben gut zu leben und sich ganz auf Gott zu verlassen: wie Jesus von Nazareth, der Tag für Tag wuchs an Weisheit, Alter und Gnade, in göttlichem Frieden und in der Erwartung des Augenblicks, den Gott ihm zeigen würde.

Dieser ersten Eigenschaft Davids entspricht eine zweite: *Er zieht sich nicht zurück.* Die Geschichte nimmt einen eigentümlichen Verlauf: Während seine größeren Brüder begutachtet werden, ob sie zum König gesalbt werden können, zu Repräsentanten der politischen Macht, denkt David nicht einmal daran. Doch sobald er berufen wird, antwortet er auf der Stelle mit Ja; er entzieht sich dem Ruf nicht.

Die gleiche Kraft, in der er den normalen Alltag lebte, drückt sich nun in seinem bewußten Ja zu einer Aufgabe aus, durch die er über seine älteren Brüder gestellt wird. Er willigt in diese schwere Verantwortung ein. Es ist ein Geschenk des Geistes: „Der Geist des Herrn war über David ..." David weiß, daß er der Jüngste ist, er ist überzeugt, daß er nichts erwarten darf. Doch als ihm der Geist des Herrn zuteil wird, empfängt er ihn in einer Haltung völligen Vertrauens.

Wenn wir uns mit David vergleichen, müssen wir uns fragen: Wer bin ich? Laufe ich nicht Gefahr, beunruhigt und besorgt zu sein, wenn ich den Eindruck habe, daß man mich links liegen läßt? Und umgekehrt: Werde ich nicht überheblich und hart, sobald ich in den Mittelpunkt gestellt werde? *„Herr, laß mich jenen tiefen Frieden finden, der daraus erwächst, daß man sein Leben in deine Hände legt."*

In der persönlichen Meditation könntet Ihr weitere biblische Stellen vertiefen, in denen ein solcher Friede aufscheint. Die schönste Parallele scheint mir das erste Kapitel des Lukasevangeliums: die Verkündigung des Engels an Maria. Maria wird nicht stolz, als ihr etwas Außerordentliches widerfährt. Sie glaubt, das nicht verdient zu haben und wird sich gefragt haben: Wieso geschieht das ausgerechnet mir? Warum? Was hat das mit mir zu tun? Doch in der gleichen Einfachheit wie David zieht auch sie sich nicht zurück: „Ich bin die Magd des Herrn; mir geschehe, wie du es gesagt hast" (Lk 1,38). Maria zeigt angesichts eines Rufes Gottes eine entschiedene Haltung, die einer großen Einfachheit entspringt: Herr, ich weiß, daß ich nichts erwarten kann. Ich bin froh, daß du mich so liebst, wie ich bin. Wenn du mich rufst, Herr, bin ich bereit.

Mit David hat der Herr jemand erwählt, der weit weniger fähig schien als andere, der aber ein einfaches Herz hatte und bereit war, ihm anspruchslos zu dienen.

Wer von Gott berufen wird und sich mit anderen vergleicht, fragt sich unwillkürlich, warum ausgerechnet er erwählt wurde. Gott erwählt uns nicht, weil wir besonders gut oder brillant wären, sondern weil er uns liebt.

„Herr, ich möchte dir danken und dich um die Gnade bitten, mich dir anzuvertrauen und keinen Rückzieher zu machen. Gib, Herr, daß ich mich nicht entziehe, sondern mich ganz einfach dir anvertraue."

„ICH KOMME IN DER KRAFT DES HERRN“

David stellt sich der Auseinandersetzung mit dem Philister Goliath, an den sich niemand heranwagte:

„Als bekannt wurde, was David gesagt hatte, berichtete man davon auch in Sauls Umgebung, und Saul ließ ihn holen. David sagte zu Saul: Niemand soll wegen des Philisters den Mut sinken lassen. Dein Knecht wird hingehen und mit diesem Philister kämpfen. Saul erwiderte ihm: Du kannst nicht zu diesem Philister hingehen, um mit ihm zu kämpfen; du bist zu jung, er aber ist ein Krieger seit seiner Jugend. David sagte zu Saul: Dein Knecht hat seinem Vater die Schafe gehütet. Wenn ein Löwe oder ein Bär kam und ein Lamm aus der Herde wegschleppte, lief ich hinter ihm her, schlug auf ihn ein und riß das Tier aus seinem Maul. Und wenn er sich dann gegen mich aufrichtete, packte ich ihn an der Mähne und schlug ihn tot. Dein Knecht hat den Löwen und den Bären erschlagen, und diesem unbeschnittenen Philister soll es genauso ergehen wie ihnen, weil er die Schlachtreihen des lebendigen Gottes verhöhnt hat. Und David sagte weiter: Der Herr, der mich aus der Gewalt des Löwen und des Bären gerettet hat, wird mich auch aus der Gewalt dieses Philisters retten. Da antwortete Saul David: Geh, der Herr sei mit dir. Und Saul zog David seine Rüstung an; er setzte ihm einen bronzenen Helm auf den Kopf und legte ihm seinen Panzer an, und über der Rüstung hängte er ihm sein Schwert um. David versuchte (in der Rüstung) zu gehen, aber er war es nicht gewohnt. Darum sagte er zu Saul: Ich kann in diesen Sachen nicht gehen, ich bin nicht daran gewöhnt. Und er legte sie wieder ab“ (1 Sam 17,31-39).

Betrachten wir, *was David auszeichnet*. Er weiß, daß er über eine gewisse Stärke verfügt, doch als er Sauls Rüstung anzieht, vermag er sie nicht zu tragen. Wenn er eingebildet und stolz gewesen wäre, hätte er gesagt: „Das gibt es doch nicht! In der Rüstung des Königs muß ich es schaffen! Natürlich werde ich sie tragen; denn so machen es alle starken Männer!" David hingegen, der sehr wohl weiß, wie wertvoll er ist, lehnt die äußeren Zeichen der Stärke, die damals üblich waren, ab; er verzichtet darauf, Eindruck zu machen.

David verkörpert *eine große Ehrlichkeit sich selbst gegenüber*. Er kennt sich gut und ist sich bewußt, was er tun kann und was nicht. Aufrichtigkeit, Echtheit, das ist eine grundlegende Tugend: Es ist der Mut, der zu sein, der man ist – mit allem Guten, den eigenen Talenten, aber auch mit den Grenzen, die jeder von uns hat. Diese Aufrichtigkeit ist allerdings im Konkurrenzkampf einer Leistungsgesellschaft wie der unseren äußerst schwer zu leben. In der Regel zählt der Erfolg, die wirtschaftliche, kulturelle oder moralische Macht.

Wir sind stets der Versuchung ausgesetzt, nicht wir selbst zu sein, sondern erfolgreiche Persönlichkeiten äußerlich nachzuahmen. Man verehrt seine Idole, kleidet sich wie die Stars der Musikszene, ahmt einen Fußballspieler nach ... Es kann durchaus richtig sein, sich an einem Vorbild zu orientieren. Doch oft verbirgt sich dahinter eine kaum merkliche Lüge: Wenn ich meine, selbst keine große Bedeutung zu haben, versetze ich mich zumindest in meiner Phantasie in diesen oder jenen Schauspieler, Sänger oder Fußballspieler hinein. In Gedanken deute ich mich selbst in dieser Person; ich erkenne nicht die schlichte Wahrheit, wie *mein* Leben aussieht, und lasse die Kraft, die in mir liegt, ungenutzt.

Es kann sogar vorkommen, daß wir in die gleiche kleine Falle geraten, wenn wir uns den Heiligen zuwenden. Man kann die Heiligen in einer Weise betrachten, die unserer Entwicklung nicht dienlich ist, sondern eine reine Illusion darstellt: Wir möchten etwas sein, was wir nicht sind; wir bilden uns ein, anders zu sein, als wir in Wahrheit sind; wir verwechseln die Begeisterung, die wir beispielsweise für Franz von Assisi oder für Charles de Foucauld empfinden, mit unserer eigenen Wirklichkeit.

David hielt sich nicht für einen großen Krieger, bloß weil er die königliche Rüstung angezogen hatte. Er hat erkannt und eingestanden, daß sie für ihn nicht geeignet war. Wir sind dazu berufen, ehrlich und aufrichtig zu sein in den Dingen des tagtäglichen Lebens. Wir sollen uns an großen Gestalten orientieren – aber nicht, um uns Illusionen zu machen, sondern damit sie uns helfen, den Weg der Wahrheit zu gehen.

Ich selbst empfinde zum Beispiel Bewunderung für die großen Bergsteiger, und gern schaue ich mir Fotos von Leuten an, die Steilwände sechsten Grades angehen. Gleichzeitig weiß ich, daß ich selbst nur leichtere Bergwanderungen unternehmen kann. In mir ist eine Sehnsucht, die ich mit viel Realitätssinn in meine konkreten Möglichkeiten hinein übersetzen muß. Das zeichnet die Gestalt Davids aus: Er ist ein aufrichtiger Mensch, ein Mann, der die Gaben kennt, die der Herr ihm gegeben hat, und er bildet sich nicht ein, mehr zu können, als in seinen Kräften steht.

Oft sind wir unzufrieden, weil wir alles tun und haben wollen, und da es uns nicht gelingt, tun wir nicht einmal die kleinen Dinge, die uns entsprechen würden, und scheuen jede Mühe.

„Herr, gib, daß ich mich kennenlerne und die wirklichen Gaben schätze, die du mir geschenkt hast, ohne mich mit falschen Ansprüchen selbst zu täuschen und mir etwas einzubilden."

Ich muß gestehen, daß es in jedem Alter schwierig ist, authentisch und aufrichtig zu sein. Das gilt vor allem für diejenigen, die eine verantwortliche Stellung innehaben. Die Leute sagen mir: „Sie als Bischof müssen das doch wissen! Sie als Bischof müssen uns dieses und jenes sagen!" Wie soll ich erklären, daß Bischof-Sein nicht bedeutet, zu jedem beliebigen Thema etwas sagen zu können? Wie soll ich erklären, daß ein Bischof ein begrenzter Mensch bleibt – so wie jeder andere? Die Neigung zu übertreiben ist weit verbreitet; man macht sich größer, als man ist, oder man wird von anderen überschätzt und für eine Persönlichkeit gehalten. Diese Sicht seiner selbst oder der anderen ist mit der Wahrheit des Evangeliums nicht zu vereinbaren; sie geht auf Kosten einfacher, echter Beziehungen untereinander. Wir müssen beständig lernen, uns über unsere Gaben zu freuen, ohne deshalb überheblich zu werden, und nicht traurig zu sein, daß uns etwas abgeht, was andere haben. Es geht um ein Gleichgewicht, das dem Jungen, den Jesus geheilt hat, fehlte: Seine unkontrollierten Reaktionen können ein Bild sein für einen Menschen, der mehr tun will, als er kann, und schließlich sehr viel weniger tut, als er hätte tun können.

Der weitere Verlauf der Geschichte von David und Goliath zeigt, wie *die Kraft des Herrn* wirksam wird. David hat sich von Sauls Rüstung befreit.

Dann „nahm er seinen Stock in die Hand, suchte sich fünf glatte Steine aus dem Bach und legte sie in die Hirtentasche, die er bei sich hatte (und) die (ihm als) Schleudersteintasche (diente). Die Schleuder in der Hand, ging er auf den Philister zu.

Der Philister kam immer näher an David heran; sein Schildträger schritt vor ihm her. Voll Verachtung blickte der Philister David an, als er ihn sah; denn David war noch sehr jung, er war blond und von schöner Gestalt. Der Philister sagte zu David: Bin ich denn ein Hund, daß du mit einem Stock zu mir kommst? Und er verfluchte David bei seinen Göttern.

Er rief David zu: Komm nur her zu mir, ich werde dein Fleisch den Vögeln des Himmels und den wilden Tieren (zum Fraß) geben. David antwortete dem Philister: Du kommst zu mir mit Schwert, Speer und Sichelschwert, ich aber komme zu dir im Namen des Herrn der Heere, des Gottes der Schlachtreihen Israels, den du verhöhnt hast. Heute wird dich der Herr mir ausliefern. Ich werde dich erschlagen und dir den Kopf abhauen. Die Leichen des Heeres der Philister werde ich noch heute den Vögeln des Himmels und den wilden Tieren (zum Fraß) geben. Alle Welt soll erkennen, daß Israel einen Gott hat. Auch alle, die hier versammelt sind, sollen erkennen, daß der Herr nicht durch Schwert und Speer Rettung verschafft; denn es ist ein Krieg des Herrn, und er wird euch in unsere Gewalt geben. Als der Philister weiter vorrückte und immer näher an David herankam, lief auch David von der Schlachtreihe (der Israeliten) aus schnell dem Philister entgegen. Er griff in seine Hirtentasche, nahm einen Stein heraus, schleuderte ihn ab und traf den Philister an der Stirn. Der Stein drang in die Stirn ein, und der Philister fiel mit dem Gesicht zu Boden. So besiegte David den Philister mit einer Schleuder und einem Stein; er traf den Philister und tötete ihn, ohne ein Schwert in der Hand zu haben. Dann lief David hin und trat neben den Philister. Er ergriff sein Schwert, zog es aus der Scheide, schlug ihm den Kopf ab und tötete ihn. Als die Philister sahen, daß ihr starker Mann tot war, flohen sie" (1 Sam 17,40-51).

Die Reife Davids zeigt sich in seiner Antwort an den Philister. Sie ist ein Meisterwerk biblischen Glaubens: Ich komme im Namen, in der Kraft des Herrn! – In jedem Alter kann einem Menschen die Klarheit geschenkt werden, daß er „in der Kraft des Herrn" etwas in Angriff nehmen soll, vielleicht sogar ein schwieriges Unterfangen. Auch ein ernsthafter Anruf Gottes zu einem bestimmten Lebensweg kann schon in jungen Jahren an uns ergehen. Bei einem 15jährigen kann durchaus eine wirkliche Berufung vorliegen – *sofern* sie gegründet ist auf der Kenntnis, wer man selbst ist und wer Gott ist. Wir müssen unsere eigenen Grenzen und Wünsche kennen, und zugleich die Kraft, die der Herr uns gibt. Wenn dies der Fall ist, kann die Berufung allen Widrigkeiten widerstehen.

Seine Berufung entdecken heißt eine Antwort finden auf die Frage: Wer bin ich, und wer ist Gott? Es geht um die Bereitschaft, Gott zu folgen. Ich kann in aller

Ehrlichkeit sagen, daß ich schon im Alter von zehn bis elf Jahren Klarheit gefunden habe. Ich erinnere mich noch gut an die Umstände, an das Gebet und die Überlegungen von damals, und ich spüre, daß die definitive Entscheidung, die ich damals getroffen habe, dieselbe ist wie heute. Natürlich hat sich diese Entscheidung im Laufe der Zeit vertieft, es gab Schwierigkeiten zu überwinden, und doch war es im Grunde dieselbe Entscheidung. Wenn jemand mich fragt, ob meine Berufung im Alter von zehn, elf Jahren überhaupt eine ernste Angelegenheit sein konnte, muß ich antworten: Sie war so ernst, daß ich annehme, daß meine Berufung im wesentlichen keine Änderung mehr erfahren hat; sie ist heute noch lebendig wie damals.

Freilich dürfen wir, wenn wir nach unserer Berufung fragen, nicht mehr verlangen als das, was der Herr uns zu verstehen gibt. Wenn er mir jetzt Klarheit gibt, versuche ich, ihm in aller Demut zu folgen. Uns kommt es zu, zu sagen: „Herr, ich will dir folgen, wenn du mir hilfst." Im Grunde ist es die gleiche Antwort, die Petrus Jesus gab: „Wenn du es sagst, werde ich die Netze auswerfen!" (Lk 5,5); es ist die Einwilligung Marias: „Ich bin die Magd des Herrn; mir geschehe, wie du es gesagt hast" (Lk 1,38). Wir sind es, die Antwort geben müssen; denn der Herr läßt uns frei und antwortet nicht an unserer Stelle.

Wenn wir noch nicht zu einer gewissen Klarheit gefunden haben, können wir uns helfen lassen, um weiter voranzugehen und zu einer freien Entscheidung zu gelangen. Es ist notwendig zu beten, daß jeder von uns den Plan, den Gott mit ihm hat, annimmt – wie und wann es uns geschenkt wird.

„Du hast mir den Sieg verliehen, Herr!“

Den Abschluß unserer Meditation über die Erwählung und den Auftrag Davids überlasse ich jedem persönlich. Ihr könnt Psalm 18 zur Hand nehmen, ihn mehrfach langsam lesen und Euch dabei nochmals vergegenwärtigen, was wir über David und seine Art, den Kampf anzugehen, gesagt haben. Versuchen wir, uns im Gebet die Worte des Psalmisten zu eigen zu machen, um immer bereiter für den Anruf des Herrn zu werden. Seinem Wort, seinem Vorhaben mit uns und unserem Leben können wir uns voll Vertrauen überlassen.

Psalm 18

Ich will dich rühmen, Herr, meine Stärke,
Herr, du mein Fels, meine Burg, mein Retter,
mein Gott, meine Feste, in der ich mich berge,
mein Schild und sicheres Heil, meine Zuflucht.
Ich rufe: Der Herr sei gepriesen!,
und ich werde vor meinen Feinden gerettet.
Mich umfingen die Fesseln des Todes,
mich erschreckten die Fluten des Verderbens.
Die Bande der Unterwelt umstrickten mich,
über mich fielen die Schlingen des Todes.
In meiner Not rief ich zum Herrn
und schrie zu meinem Gott.
Aus seinem Heiligtum hörte er mein Rufen,
mein Hilfeschrei drang an sein Ohr.

Da wankte und schwankte die Erde,
die Grundfesten der Berge erbebten.
Sie wankten, denn sein Zorn war entbrannt.
Rauch stieg aus seiner Nase auf,

aus seinem Mund kam verzehrendes Feuer,
glühende Kohlen sprühten aus von ihm.
Er neigte den Himmel und fuhr herab,
zu seinen Füßen dunkle Wolken.
Er fuhr auf dem Kerub und flog daher;
er schwebte auf den Flügeln des Windes.
Er hüllte sich in Finsternis,
in dunkles Wasser und dichtes Gewölk wie in ein Zelt.
Von seinem Glanz erstrahlten die Wolken,
Hagel fiel nieder und glühende Kohlen.
Da ließ der Herr den Donner im Himmel erdröhnen,
der Höchste ließ seine Stimme erschallen.
Er schoß seine Pfeile und streute sie,
er schleuderte Blitze und jagte sie dahin.
Da wurden sichtbar die Tiefen des Meeres,
die Grundfesten der Erde wurden entblößt
vor deinem Drohen, Herr,
vor dem Schnauben deines zornigen Atems.

Er griff aus der Höhe herab und faßte mich,
zog mich heraus aus gewaltigen Wassern.
Er entriß mich meinen mächtigen Feinden,
die stärker waren als ich und mich haßten.
Sie überfielen mich am Tag meines Unheils,
doch der Herr wurde mein Halt.
Er führte mich hinaus ins Weite,
er befreite mich, denn er hatte an mir Gefallen.

Der Herr hat gut an mir gehandelt und mir vergolten,
weil ich gerecht bin und meine Hände rein sind.
Denn ich hielt mich an die Wege des Herrn
und fiel nicht ruchlos ab von meinem Gott.
Ja, ich habe alle seine Gebote vor Augen,
weise seine Gesetze niemals ab.
Ich war vor ihm ohne Makel,
ich nahm mich in acht vor der Sünde.
Darum hat der Herr mir vergolten,
weil ich gerecht bin

und meine Hände rein sind vor seinen Augen.
Gegen den Treuen zeigst du dich treu,
an dem Aufrichtigen handelst du recht.
Gegen den Reinen zeigst du dich rein,
doch falsch gegen den Falschen.
Dem bedrückten Volk bringst du Heil,
doch die Blicke der Stolzen zwingst du nieder.

Du, Herr, läßt meine Leuchte erstrahlen,
mein Gott macht meine Finsternis hell.
Mit dir erstürme ich Wälle,
mit meinem Gott überspringe ich Mauern.
Vollkommen ist Gottes Weg,
das Wort des Herrn ist im Feuer geläutert.
Ein Schild ist er für alle, die sich bei ihm bergen.
Denn wer ist Gott als allein der Herr,
wer ist ein Fels, wenn nicht unser Gott?
Gott hat mich mit Kraft umgürtet,
er führte mich auf einen Weg ohne Hindernis.
Er ließ mich springen schnell wie Hirsche,
auf hohem Weg ließ er mich gehen.
Er lehrte meine Hände zu kämpfen,
meine Arme, den ehernen Bogen zu spannen.

Du gabst mir deine Hilfe zum Schild,
deine Rechte stützt mich;
du neigst dich mir zu und machst mich groß.
Du schaffst meinen Schritten weiten Raum,
meine Knöchel wanken nicht.
Ich verfolge meine Feinde und hole sie ein,
ich kehre nicht um, bis sie vernichtet sind.
Ich schlage sie nieder;
sie können sich nicht mehr erheben,
sie fallen und liegen unter meinen Füßen.
Du hast mich zum Kampf mit Kraft umgürtet,
hast alle in die Knie gezwungen,
die sich gegen mich erhoben.
Meine Feinde hast du zur Flucht gezwungen;

ich konnte die vernichten, die mich hassen.
Sie schreien, doch hilft ihnen niemand,
sie schreien zum Herrn, doch er gibt keine Antwort.
Ich zermalme sie zu Staub vor dem Wind,
schütte sie auf die Straße wie Unrat.
Du rettest mich vor zahllosem Kriegsvolk,
du machst mich zum Haupt über ganze Völker.
Stämme, die ich früher nicht kannte,
sind mir nun untertan.
Sobald sie mich nur hören, gehorchen sie.
Mir huldigen die Söhne der Fremde,
sie kommen zitternd aus ihren Burgen hervor.

Es lebe der Herr! Mein Fels sei gepriesen.
Der Gott meines Heils sei hoch erhoben;
denn Gott verschaffte mir Vergeltung
und unterwarf mir die Völker.
Du hast mich von meinen Feinden befreit,
mich über meine Gegner erhoben,
dem Mann der Gewalt mich entrissen.
Darum will ich dir danken, Herr, vor den Völkern,
ich will deinem Namen singen und spielen.
Seinem König verlieh er große Hilfe,
Huld erwies er seinem Gesalbten,
David und seinem Stamm auf ewig.

(Verse 2-51)

Wenn man sich zu sicher fühlt ...

Das Alte Testament enthält, vom literarischen Gesichtspunkt aus betrachtet, höchst unterschiedliche Texte. Es gibt einfache Prosatexte und wahre literarische Meisterwerke. Das Buch Ijob zum Beispiel ist höchste Poesie, schwer zu übersetzen und zu verstehen. Es gibt meisterhafte Erzählungen, wie zum Beispiel die Josefsgeschichte und die Davidsgeschichte.

Die Erzählung von David ist reich an Menschlichkeit, an Dramatik, an Humor und kaum zu übertreffender Weisheit. Zu den eindrucksvollsten Abschnitten gehört die Beschreibung von Davids Sündenfall; sie ist voll menschlicher Wahrheit. Sie steht im 2. Buch Samuel im 11. und 12. Kapitel, mit dem das Drama schließt. Sie kann uns eine große Hilfe sein, zu verstehen, *wer wir sind, wer ich bin.* Man hat die Begebenheit ja nicht nur aufgezeichnet, damit wir wissen, wer David war, sondern auch, um uns zu zeigen, wer der Mensch ist, wer ich bin und wer Gott ist.

Versetzen wir uns in die Geschichte hinein, um sie selbst nachzuerleben, wie ein Schauspieler ein Stück innerlich mitlebt. Stellen wir uns vor, wir würden den Part des David übernehmen, und fragen wir uns: „Wer bin ich, David?“ Wir könnten darauf an Davids Stelle antworten:

Ich bin jemand, der von Gott gerufen wurde. Gott hat mich sehr gern gehabt; denn ich war ein unbekannter Ziegenhirte, als Gott mich eines Tages ergriff. Er verlieh mir eine große Kraft und ließ mich eine mutige Tat vollbringen, als ich Goliath gegenübertrat. Ich habe mich nicht zurückgezogen, und so hat Gott mich noch machtvoller an seine Hand genommen und zu einem der größten Könige in der Geschichte meines Volkes gemacht. Ich muß ihm also danken, daß er mich in meiner Armut erwählt und mir eine solche Stärke verliehen hat.

Ich lobe dich und danke dir, mein Gott! Ich liebe dich; denn du bist meine Stärke, und du hast mir ein aufrechtes Herz geschenkt. Ich habe meine Kraft nie gegen meine Feinde mißbraucht, auch nicht gegen meine Verräter; ich habe die Menschen immer geschont. Herr, du hast mich zu einem guten Mann gemacht und mir einen besonderen Sinn für das Gebet verliehen. Jahrtausende hindurch werden die Völker zu dir beten mit den Gebeten, die du, Herr, mir auf die Lippen gelegt hast.

David erkennt an, daß er von Gott große Gaben empfangen hat, daß er von ihm erwählt wurde und dieser Erwählung entsprochen hat. Er weiß, daß er wahrhaft zu beten vermag. Viele Psalmen gehen bekanntlich auf ihn zurück oder beziehen sich auf ihn, so *Psalm 108*:

„Mein Herz ist bereit, o Gott, mein Herz ist bereit,
ich will dir singen und spielen.
Wach auf, meine Seele!
Wacht auf, Harfe und Saitenspiel!
Ich will das Morgenrot wecken.
Ich will dich vor den Völkern preisen, Herr,
dir vor den Nationen lobsingen.“ (Verse 2-4)

DAVID IN DER FALLE

Der Herr hat aus David einen guten, gerechten und klugen Mann gemacht, der stark im Kampf und bescheiden im Sieg ist und sich an die Gebote hält. Und dennoch tappt an einem gewissen Punkt auch David in die Falle. Sie ist gleichsam ein Symbol für die Gefahren, die jedem drohen, der nicht aufmerksam ist. Wie hat das Verhängnis für David begonnen?

„Um die Jahreswende, zu der Zeit, in der die Könige in den Krieg ziehen, schickte David den Joab mit seinen Männern ... aus, und sie verwüsteten das Land der Ammoniter ... David selbst aber blieb in Jerusalem" (2 Sam 11,1). Sicher dachte David: „Ich habe ja schon viel getan!" Dies ist bereits eine erste Falle: David beginnt, sich auf seinen Lorbeeren auszuruhen; er läßt sich von der Eitelkeit gefangennehmen.

Als David zu Hause war und „einmal zur Abendzeit von seinem Lager aufstand und auf dem Flachdach des Königspalastes hin- und herging, sah er von dort aus eine Frau, die badete. Die Frau war sehr schön anzusehen" (11,2). David hält sich für einen reifen Menschen und glaubt, er könne alles anschauen. Er war sicher, seine Gefühle im Griff zu haben, und rechnete nicht damit, daß seine Neugierde ihn in irgendeiner Weise aus dem Gleichgewicht bringen könnte. Mit großer Selbstsicherheit sagt er sich: Was kann das mir schon anhaben? Damit beginnt die Unordnung in seiner Gefühlswelt. Und so läßt der zweite Schritt nicht lange auf sich warten.

„David schickte jemand hin und erkundigte sich nach ihr. Man sagte ihm: Das ist Batseba, die Tochter Ammiëls, die Frau des Hetiters Urija“ (11,3). David denkt sich, daß es ja nichts Schlechtes ist zu wissen, wer die Frau ist. Und dann fällt ihm ein, daß Urija, ihr Mann, zur Zeit weit weg ist. „Darauf schickte David Boten zu ihr und ließ sie holen; sie kam zu ihm, und er schlief mit ihr – sie hatte sich gerade von ihrer Unreinheit gereinigt. Dann kehrte sie in ihr Haus zurück“ (11,4). Hier befinden wir uns auf der zweiten Stufe. David weiß, daß er das, was er tun will, nicht tun dürfte. Aber er denkt: Das wird schon niemand erfahren; es wird keine weiteren Folgen haben. Es ist ein Moment der Schwäche; vielleicht ist ihm das auch bewußt, doch er ist überzeugt, daß bald alles vergessen sein wird.

Unmerklich steigt David auf die dritte Stufe hinab. „Die Frau aber war schwanger geworden und schickte deshalb zu David und ließ ihm mitteilen: Ich bin schwanger“ (11,5). Unversehens befindet sich David in einer Lage, die er nicht vorausgesehen hatte. Er, der immer so clever war und alles fest im Griff zu haben glaubte, bekommt es mit der Angst zu tun. Er weiß nicht mehr, was er tun soll. Schließlich redet er sich ein: Ich bin doch nicht dumm; ich schaffe das schon. Auch diesmal finde ich sicher einen Ausweg!

„Darauf sandte David einen Boten zu Joab (und ließ ihm sagen): Schick den Hetiter Urija zu mir! Und Joab schickte Urija zu David. Als Urija zu ihm kam, fragte David, ob es Joab und dem Volk gut gehe und wie es mit dem Kampf stehe. Dann sagte er zu Urija: Geh in dein Haus hinab, und wasch dir die Füße!“ (11,6-8). David macht einen sehr gefaßten Eindruck; schließlich ist er ein guter Diplomat. Er informiert sich über den Kriegsverlauf und lädt Urija ein, eine Erholungspause einzulegen: Er soll nach Hause gehen, essen, trinken, schlafen und mit seiner Frau zusammensein.

„Urija aber legte sich am Tor des Königshauses bei den Knechten seines Herrn nieder und ging nicht in sein Haus hinab“ (11,9). David meinte, mit seiner Schläue könne er alles in Ordnung bringen, doch nun sitzt er in der Falle. Denn er merkt, daß er die Frau liebt und auch dem Kind, das sie gebären wird, zugetan ist. Er sitzt in der Falle wegen seiner Wertschätzung für Urija. Er hat ihn gern, denn Urija ist sein treuer Soldat, und David schämt sich, daß er ihm Böses angetan und ihn verraten hat.

Der einzige Ausweg hätte darin bestanden, seine Sünde zu bekennen. Doch das hat David sich nicht getraut. Vielleicht meinte er, ein König könne doch nicht zugeben, sich so etwas geleistet zu haben! Er hätte dabei seine ganze Würde verloren!

Dieser Mann, der immer gut, nachsichtig, klug und weise gewesen ist, weiß nicht mehr, wie er aus der Sache herauskommen soll. Tag und Nacht quälen ihn die Fragen: Was soll ich nur tun? Was soll ich opfern: meine Ehre? Nein! Die Frau? Nein, das will ich nicht! Das Kind? Auf keinen Fall! Den Freund? Nein! Doch andererseits wird schließlich alles noch auf mich zurückfallen ... David hat angefangen, im Kleinen nachzugeben; es war nur ein wenig Neugierde. Dann hat er sich selbst in Sicherheit gewiegt, weil er dachte, er würde das schon schaffen, und nun ist er an seine Grenzen gelangt.

David läßt den Urija ein zweites Mal rufen; er macht ihn betrunken, damit er doch noch zu seiner Frau geht. Doch Urija, der vielleicht ahnt, was da gespielt wird, bleibt fest und entschließt sich, nicht nach Hause zu gehen.

Halten wir einen Moment inne und fragen wir uns: *Was ist mit David geschehen?* Er hat seine eigene Zerbrechlichkeit erfahren. Wenn ihm jemand einen Monat oder auch nur eine Woche vorher gesagt hätte, daß er Unrecht tun und zum Ehebrecher würde, daß er sich in eine Situation bringen ließe, in der er fähig wäre, seinen besten Freund umzubringen – er hätte lautstark protestiert: Ich? Niemals würde ich so etwas tun! Doch nun ist er voller Verzweiflung und Grimm; und er greift zu einem zweifelhaften Mittel, um der Falle zu entkommen.

Am Morgen darauf schreibt er Joab einen Brief, den er durch die Hand Urijas überbringen läßt. Darin ordnet er an, Joab solle Urija in die vorderste Schlachtreihe stellen, damit er tödlich getroffen würde.

Die Geschichte spitzt sich zu und nimmt einen tragischen Verlauf: Urija stirbt vor den Toren der Stadt. Als die Nachricht zu König David gelangt, gibt er vor, in Wut zu geraten, und tut, als würde er um den toten Freund weinen. Er ist in eine derart schändliche Heuchelei hineingeraten, daß er sich der Schwere seines Vergehens nicht einmal mehr bewußt ist. Wenn wir im nachhinein David zu Wort kommen ließen, würde er uns sagen: Ja, ich hatte geglaubt, ein ehrenwerter, gerechter, wahrhaftiger und aufrichtiger Mann zu sein.

Doch in einem bestimmten Moment habe ich gespürt, daß ich voller Falschheit bin. Ich schäme mich! Denn ich habe Gefühle vorgetäuscht, die nicht echt waren; ich gab vor zu weinen, während ich in Wahrheit froh war, daß Urija, mein alter Freund, tot war. Ich tat so, als geriete ich in Wut wegen der Niederlage unseres Heeres; doch genau das hatte ich gewollt ...

David verkörpert einen Menschen, der trotz bester Absichten, trotz edelster Vorsätze und trotz einer guten Erziehung zerbrechlich und schwach ist und bleibt. Wenn er sofort gesagt hätte: „Ich habe einen Fehler begangen, ich war unklug, ich muß den Rückzug antreten!“, hätte er die Spirale des Todes durchbrechen können. Doch von Mal zu Mal meinte er, er würde es schaffen und könnte mit seiner Schläue die Dinge in Ordnung bringen. Er hat sich geirrt: Am Ende ist er ganz unten gelandet.

Wer versteht, wer der Mensch ist, der versteht auch die Anrufung: „Herr, wenn du nicht deine schützende Hand auf mein Haupt legst, bin ich arm, zerbrechlich, schwach, ein Sünder.“

Wenn ich beginne, diese Überzeugung zu verlieren, wenn ich mir etwas auf mich einbilde, kleine Vergehen nicht zugebe und mit meinen Gefühlen spiele, laufe ich Gefahr, von einer Falle in die nächste zu geraten und mich am Ende dort wiederzufinden, wo ich nie hin wollte.

„Herr, du hast gesagt: ‚Von innen, aus dem Herzen der Menschen kommen die bösen Gedanken, Unzucht, Diebstahl, Mord, Ehebruch, Habgier, Bosheit, Hinter-

list, Ausschweifung, Neid, Verleumdung, Hochmut und Unvernunft. All dieses Böse kommt von innen und macht den Menschen unrein' (Mk 7,21-23). Laß mich verstehen, daß auch in meinem Herzen die Wurzeln dafür sind. Wenn ich wirklich kennenlernen möchte, wer ich bin, muß ich zusammen mit der Größe meiner Berufung auch die dunklen Abgründe und die Zerbrechlichkeit sehen, die in mir sind. Solange ich das nicht erkenne und eingestehe, ist meine Persönlichkeit nicht wirklich frei. Ich täusche mich in mir selbst; ich erwerbe nicht jene Ernsthaftigkeit und Wahrhaftigkeit in meinem Handeln, die einen Menschen kennzeichnen, der sich selbst schwach weiß und sich beständig an dich, den Erlöser, wendet."

David in der Falle ist das Bild vieler Menschen, auch von uns, und zwar immer dann, wenn wir diese Wahrheit über uns selbst vergessen, wenn wir in Gedankenlosigkeit oder oberflächlicher Begeisterung leben und es versäumen, uns an Jesus als unseren Heiland zu wenden.

„ICH HABE GEGEN DICH GESÜNDIGT" (2 Sam 12)

Wie David aus der Falle herausfindet, erzählt das 12. Kapitel des 2. Buchs Samuel. Der Prophet Natan kommt zu David, und dieser nimmt ihn auf. Natan erzählt eine Geschichte von zwei Männern, einem armen und einem reichen. Der Reiche besaß viel Vieh, der Arme nur ein Lamm. Als der Reiche etwas für sein Haus braucht, läßt er das Lamm des Armen stehlen; er nimmt ihm alles, was er besitzt.

David ist empört und sagt zu Natan: „So wahr der Herr lebt: Der Mann, der das getan hat, verdient den Tod. Das Lamm soll er vierfach ersetzen, weil er das getan und kein Mitleid gehabt hat“ (2 Sam 12,5-6).

Es fällt auf, daß David bei aller Übertreibung (ein Diebstahl steht in keinem Verhältnis zu der geforderten Todesstrafe) einen tiefen Gerechtigkeitssinn zeigt. Obwohl er selbst eine ausgesprochen negative Erfahrung hinter sich hat, bewahrt er doch den Sinn für die Wahrheit. Aber er ist nicht fähig, die Geschichte auf seine eigene Situation zu beziehen: David kritisiert die anderen, klagt sie an und verurteilt sie, doch die Falle, in die er selbst gegangen ist, verstellt ihm den Blick auf die eigene Sünde.

Da ruft der Prophet aus: „Du selbst bist der Mann. So spricht der Herr, der Gott Israels: Ich habe dich zum König von Israel gesalbt, und ich habe dich aus der Hand Sauls gerettet. Ich habe dir das Haus deines Herrn und die Frauen deines Herrn in den Schoß gegeben, und ich habe dir das Haus Israel und Juda gegeben ... Warum hast du das Wort des Herrn verachtet und etwas getan, was ihm mißfällt?“ (2 Sam 12,7-9). Nun findet David die Klarheit wieder und gesteht endlich: „Ich habe gegen den Herrn gesündigt“ (12,13). Das sind die Worte, die ihn schon ganz am Anfang hätten retten können. Doch erst jetzt, nachdem er sich selbst, seinen Ruf und sein Gewissen ruiniert hat, gelingt es ihm, sie auszusprechen.

FALLEN FÜR UNS

Ich möchte Euch einladen, die ganze Erzählung einmal aufmerksam zu lesen und dabei auf die Feinheiten zu achten; denn sie ist voll von wertvollen psychologischen Beobachtungen. Auch wenn wir nicht so weit gehen wie David, kommt es auch bei uns vor, daß wir in einer Versuchung nachgeben, an die sich gleich die nächste anschließt. So wächst unsere Verwirrung: Wir sind uns selber leid, verlieren den Mut, werden ängstlich und sagen uns, daß wir unfähig sind, dies oder jenes zu bewerkstelligen, daß wir es nie schaffen. Eine Unachtsamkeit, eine Verärgerung, ein Mißerfolg, auch eine Sünde können zum Ansatzpunkt für eine Falle werden, in die der Widersacher uns gehen lassen will.

Unser wahres Sein kommt immer dann zum Zug, wenn wir sagen: „Ich habe gesündigt; ich habe einen Fehler gemacht", immer dann, wenn wir zugeben, daß wir der Trägheit oder einem Augenblick der Schwäche zum Opfer gefallen sind.

„Herr, lehre uns, Tag für Tag zu kämpfen, uns entschieden um Wahrhaftigkeit und Aufrichtigkeit zu bemühen. Lehre uns durch das wunderbare Geschenk des Bußsakraments, die Wahrheit über uns selbst auszusprechen und in dieser Wahrheit die Freude zu finden."

Die Beichte ist eine wertvolle, wichtige Hilfe, wieder zur Wahrheit über unsere Person zu finden. Dort können wir uns aussprechen, das Gleichgewicht wiederfinden und vom Herrn Kraft und Vergebung erbitten.

„Gib, Herr, daß wir die Beichte richtig schätzen lernen, in der du uns Vergebung schenken möchtest. Laß uns die unscheinbaren Dinge wahrnehmen, die der Anfang von innerer Unruhe und Unsicherheit in unserem Leben sind."

Was uns unruhig, lustlos und traurig macht, hat Wurzeln, die zu klären und ans Licht zu bringen sind: Denn der Herr ist Licht; der Herr ist Freude; der Herr möchte, daß wir wahrhaftig und froh sind.

Psalm 51 bringt die Entschlossenheit zur Wahrheit zum Ausdruck, zu der David sich durchgerungen hat. Er brachte den Mut auf, in sein Herz hineinzuschauen und sich über seine negative Erfahrung Klarheit zu verschaffen. Es ist einer der schönsten Psalmen, bei dessen betrachtender Lektüre wir uns fragen könnten: Finde ich etwas von David, der dem Propheten mit einem Bekenntnis antwortet, in mir selbst wieder?

„Herr, wir möchten darüber nachdenken, wo wir schuldig geworden sind und größere oder kleinere Sünden begangen haben. Denn auch geringfügige Sünden können wie bei David auch in unserem Leben eine negative Entwicklung einleiten."

Psalm 51

[Für den Chormeister. Ein Psalm Davids, als der Prophet Natan zu ihm kam, nachdem sich David mit Batseba vergangen hatte.]
Gott, sei mir gnädig nach deiner Huld,
tilge meine Frevel nach deinem reichen Erbarmen!
Wasch meine Schuld von mir ab,
und mach mich rein von meiner Sünde!
Denn ich erkenne meine bösen Taten,
meine Sünde steht mir immer vor Augen.
Gegen dich allein habe ich gesündigt,
ich habe getan, was dir mißfällt.
So behältst du recht mit deinem Urteil,
rein stehst du da als Richter.
Denn ich bin in Schuld geboren;
in Sünde hat mich meine Mutter empfangen.

Lauterer Sinn im Verborgenen gefällt dir,
im Geheimen lehrst du mich Weisheit.
Entsündige mich mit Ysop, dann werde ich rein;
wasche mich, dann werde ich weißer als Schnee.
Sättige mich mit Entzücken und Freude!
Jubeln sollen die Glieder, die du zerschlagen hast.
Verbirg dein Gesicht vor meinen Sünden,
tilge all meine Frevel!
Erschaffe mir, Gott, ein reines Herz,
und gib mir einen neuen, beständigen Geist!
Verwirf mich nicht von deinem heiligen Angesicht,
und nimm deinen heiligen Geist nicht von mir!
Mach mich wieder froh mit deinem Heil;
mit einem willigen Geist rüste mich aus!

Dann lehre ich Abtrünnige deine Wege,
und die Sünder kehren um zu dir.
Befrei mich von Blutschuld, Herr,
du Gott meines Heiles,
dann wird meine Zunge jubeln

über deine Gerechtigkeit.
Herr, öffne mir die Lippen,
und mein Mund wird deinen Ruhm verkünden.
Schlachtopfer willst du nicht, ich würde sie dir geben;
an Brandopfern hast du kein Gefallen.
Das Opfer, das Gott gefällt, ist ein zerknirschter Geist,
ein zerbrochenes und zerschlagenes Herz wirst du,
Gott, nicht verschmähen.

In deiner Huld tu Gutes an Zion;
bau die Mauern Jerusalems wieder auf!
Dann hast du Freude an rechten Opfern,
an Brandopfern und Ganzopfern,
dann opfert man Stiere auf deinem Altar.

Psalm 108

Mein Herz ist bereit, o Gott,
mein Herz ist bereit,
ich will dir singen und spielen.
Wach auf, meine Seele!
Wacht auf, Harfe und Saitenspiel!
Ich will das Morgenrot wecken.
Ich will dich vor den Völkern preisen, Herr,
dir vor den Nationen lobsingen.
Denn deine Güte reicht, so weit der Himmel ist,
deine Treue, so weit die Wolken ziehn.
(Verse 2-5)

Wir werden gebraucht

In dieser Meditation möchte ich die Frage vertiefen: „Wer bist du, Herr?“ Dabei werden wir an einen Text der Apostelgeschichte anknüpfen, den ich in der Vergangenheit oftmals gelesen hatte, ohne daß mir aufgegangen wäre, wieviel er zu unserer Frage sagen kann. Im 16. Kapitel der Apostelgeschichte heißt es:

„Weil ihnen aber vom Heiligen Geist verwehrt wurde, das Wort in der Provinz Asien zu verkünden, reisten sie durch Phrygien und das galatische Land. Sie zogen an Mysien entlang und versuchten, Bithynien zu erreichen; doch auch das erlaubte ihnen der Geist Jesu nicht. So durchwanderten sie Mysien und kamen nach Troas hinab. Dort hatte Paulus in der Nacht eine Vision. Ein Mazedonier stand da und bat ihn: Komm herüber nach Mazedonien, und hilf uns! Auf diese Vision hin wollten wir sofort nach Mazedonien abfahren; denn wir waren überzeugt, daß uns Gott dazu berufen hatte, dort das Evangelium zu verkünden“ (Apg 16, 6-10).

Wir können drei Abschnitte unterscheiden: zunächst die Frustration des Paulus, dann seine Begeisterung über die Begegnung mit einer alten Kultur und schließlich die neue Berufung.

Paulus ist frustriert

Aus den ersten beiden Versen scheint die Eintönigkeit auf, in der Paulus lebt, vielleicht auch eine gewisse Frustration des Apostels. Er möchte gern an einem bestimmten Ort predigen, doch es ist nicht möglich. Anderswo geht es aufgrund der Umstände wieder nicht. Kurz, der Geist des Herrn gibt Paulus zu verstehen, daß das, was er im Sinn hat, nicht das ist, was ansteht. So ist Paulus gezwungen, sein alltägliches Leben zu leben, ohne sich so öffnen zu können, wie er, dieser feurige Geist, es nötig gehabt hätte.

Paulus erfährt die Eintönigkeit immer gleicher Tage. Mir ist diese Erfahrung des Paulus erst recht bewußt geworden, als ich einige Briefe von Jugendlichen las, die von der Langeweile ihres Alltags schrieben. Manche sahen die Eintönigkeit nicht so sehr als etwas von außen Auferlegtes, sondern als Versuchung, alles nur noch aus Gewohnheit zu tun. In diesem Abschnitt der Apostelgeschichte sehen wir Paulus in einer ähnlichen Prüfung. Sein Betätigungsfeld ist durch äußere Gegebenheiten stark eingeschränkt. Was ist die tägliche Monotonie anderes als die Tatsache, daß unsere Handlungen bestimmt werden vom Zeitplan, von der Umgebung, in der wir leben, von den Fächern, für die wir lernen müssen, vom geregelten Tagesablauf? Das Gefühl der Eintönigkeit ist ein ernstzunehmender Gemütszustand; es ist wichtig, sich das bewußt zu machen und sich dem zu stellen.

Wenn ich an meine Schulzeit zurückdenke, erinnere ich mich gut, solche Zeiten selbst erlebt zu haben. Ich habe die ganze Last der Eintönigkeit gespürt: Das Leben war zumeist äußerst einförmig; nur selten kamen wir aus diesem Raster heraus, vielleicht für einen Ausflug oder anläßlich eines besonderen Ereignisses.

Was kann man da tun? Ich glaube, wir sollten den Horizont ein wenig weiten und versuchen, mit den Schwierigkeiten, die wir empfinden, vernünftig umzugehen. Wenn wir Frust und Langeweile empfinden, übersehen wir nicht, daß noch sehr viele andere Menschen unter der Last des Alltags leiden. Ich denke an zahlreiche Briefe von Müttern, von Männern und von jungen Leuten, die klagen, daß das Leben so mühsam ist. Die Arbeit bringt sicher für einige eine gewisse Befriedigung mit sich; doch sie unterliegt zugleich mancherlei Pflichten und Grenzen. Man spürt, welche Mühe es kostet durchzuhalten. Als Junge habe ich mir manchmal in meiner Phantasie ausgemalt, wie ich die Eintönigkeit aufbrechen könnte: „Wenn ich groß bin, werde ich Journalist! Dann kann ich viel herumreisen; ich werde immer neue Orte kennenlernen und immer etwas Neues erleben!“ Wenn ich heute Journalisten treffe, sagen mir viele: „Wie eintönig ist doch unser Alltag. Das sieht ganz faszinierend aus, doch wir sind so eingeengt durch die Vorgaben unserer Zeitung.“

Jeder Mensch muß in seiner Umgebung täglich gleiche Situationen angehen. Wohl niemand kommt darum herum: auch nicht die Schauspieler, die Sportler, die Politiker, Leute, die wir möglicherweise beneiden. Wir müssen diese Lage annehmen und uns mit den anderen, mit der übergroßen Mehrheit der Menschen, solidarisch fühlen. Wenn ich die Monotonie meines Alltags lebe, stelle ich mich hinein in das Leben der ganzen Menschheit. Und mit dem Leben der Menschheit vereine ich auch die Augenblicke der Gnade, des Opfers, des Einsatzes und Verzichts, damit möglichst viele Menschen den Mut zu einem neuen Anfang, den Mut zum Leben finden. Paulus gibt uns in seiner Frustration und scheinbaren Untätigkeit ein wertvolles Beispiel.

Kultur tut gut

In Vers 8 heißt es, daß Paulus und seine Gefährten, nachdem sie versucht hatten, verschiedene Gegenden zu bereisen, „Mysien durchwanderten und nach Troas hinabkamen". Troas ist eine Ortschaft in der Nähe des antiken Troja, ein Zentrum bei den Ruinen der älteren, von den Dichtern gefeierten Stadt. – Bei meiner ersten Reise in den Nahen Osten, zusammen mit etwa dreißig Theologiestudenten, besuchten wir Palästina, Syrien und die Türkei; wir sind nach Troas gegangen und haben die Ruinen Trojas besichtigt. Irgendwie hatten wir den Eindruck, in den Überresten dieser alten Kultur unsere Kindheit wiederzusehen; wir hatten Homer vor Augen, die Personen und die großen Schlachten, die er beschrieben hat ... Ich denke, daß es Paulus, einem gebildeten Mann, der gewiß die großen Dichter gelesen hatte, in Troas und beim Besuch der Ruinen ähnlich erging: Sicher hat er Freude empfunden, eine Art Verbindung mit einer großen Vergangenheit, mit der klassischen Kultur. Paulus, der täglichen Langeweile müde, dürfte dort neuen Schwung bekommen haben – eine Art Vorbereitung auf die nächtliche Vision.

Was bedeutet das für uns? Wenn wir uns ernsthaft mit der Kultur, der Geschichte, dem menschlichen Leben beschäftigen, kommt in die Eintönigkeit des Alltags etwas hinein, was uns übersteigt: Wir finden Geschmack daran, in eine kulturelle, geistige und geistliche Gemeinschaft mit der ganzen Menschheit zu treten, die uns vorangegangen ist und die uns begleitet. Von daher sollten wir den Wert des Lernens sehen: Die verschiedenen Fächer helfen uns, den Menschen und seine Reichtümer und so auch uns selbst tiefer zu verstehen. Dieses Bewußtsein erweitert den Horizont unseres Alltags und bereitet uns auf Größeres vor.

Eine neue Berufung

In Vers 9 heißt es: „Dort (in Troas) hatte Paulus in der Nacht eine Vision. Ein Mazedonier stand da und bat ihn: Komm herüber nach Mazedonien, und hilf uns!"

In diesem Augenblick tritt im Leben des Paulus eine Veränderung ein. Er hat den Eindruck einer neuen Berufung. Paulus hatte eintönig verlaufende Tage verbracht, ja er hatte sein apostolisches Wirken, dessen er sich zu Recht rühmen konnte, unterbrechen müssen. Nun steht plötzlich ein Mazedonier vor ihm.

Jedes Wort in diesem Vers ist von besonderer Bedeutung. Mazedonien steht für ein großes Geschlecht, aus dem Alexander der Große und andere bedeutende Feldherren hervorgegangen sind. Ein Mazedonier verkörperte den Stolz auf Macht und Kultur. Wörtlich heißt es, der Mazedonier stand „aufrecht" da, was auf einen Mann im Vollbesitz seiner Kräfte hindeutet. Und dieser starke Mazedonier fleht Paulus an – ausgerechnet in einem Augenblick, in dem Paulus nicht weiß, was er tun soll, und nicht versteht, was die widersprüchlichen Umstände zu bedeuten haben; er fühlt sich unnütz. Und doch braucht dieser Mazedonier ihn! Er bittet ihn, etwas zu unternehmen, sich bereitzumachen zum Aufbruch und ihm zu helfen.

„Hilf *uns*“, sagt er. Das „uns“ ist besonders betont. Auch der Vater des jungen Epileptikers hatte zu Jesus gesagt: „Hilf uns!“ Jetzt ist diese Bitte an Paulus gerichtet; der Apostel merkt, daß jemand vor ihm steht, der ihn bittet, als ob er Jesus wäre. Es fällt auf, daß er nicht sagt: „Hilf mir!“, sondern: „Hilf uns!“ Nicht so sehr ein einzelner bittet ihn also, sondern das Volk, ein Teil der Menschheit. Ich kann mir vorstellen, daß Paulus ganz unvermittelt verstanden hat, welchen Sinn die Eintönigkeit, die Mühe und Frustration, sein tagtägliches Durchhalten gehabt haben. In diesem Augenblick sind ihm die Augen aufgegangen. Es ist nicht nur Jesus, der ihn ruft, sondern ein anderer ruft ihn, als ob er Jesus selber wäre. Paulus spürt, daß ihm eine große Verantwortung übertragen wird: Da ist ein Volk, eine reiche, mächtige und stolze Kultur, die den Herrn um etwas bittet, und Paulus soll etwas tun. Auf dem Hintergrund eines monotonen Lebensabschnitts kann etwas Neues aufbrechen; diesem Kulturkreis und den Menschen dort soll Hilfe zuteil werden.

DIE MENSCHHEIT RUFT AUCH UNS

Auf die Frage: „Wer bist du?“ hatte der Herr uns geantwortet: „Ich bin der Herr, der dich ruft und befreit.“ Für Paulus hat sich die Antwort auf die Frage nach dem „du“ dahingehend gewandelt: „Ich bin die Menschheit, die dich im Namen des Herrn ruft.“ Am

Schluß unserer Reflexion möchte ich sagen: *Ihr, wir* sind Paulus. Auch wenn unser Leben vielleicht grundsätzlich glücklich verläuft, gibt es doch auch Mühe, Teilhabe am Schmerz vieler Menschen. Ich denke an die Leidenden, an die Familien in Schwierigkeiten, an die Arbeitslosen. Unser Leben mag manchmal eintönig sein, doch im Vergleich mit dem vieler anderer verläuft es eher ruhig. Wir sollten den Anruf der Menschheit hören, die den Herrn braucht, sein Wort und unseren Dienst – jetzt oder auch in Zukunft. Es gibt viele Menschen, denen man schon als Jugendlicher Gutes tun kann. Auf jeden Fall kann man seinen Tag für andere aufopfern, sich mitverantwortlich fühlen für den Weg, den sie beschreiten, sich solidarisch wissen mit ihrem Leiden und ihrer Suche. Auf diese Weise werden auch monotone Augenblicke kostbar, denn gerade dann kann man sagen: Mit der Gnade des Herrn kann ich etwas für meine Schwestern und Brüder aufopfern, für die vielen Menschen, die um meine Hilfe bitten.

„Herr, laß uns verstehen, wie groß unsere Verantwortung ist. Gib, daß wir schon jetzt vielen Menschen helfen können, Menschen, die wir kennen, und kraft der Gemeinschaft der Heiligen auch denen, die wir nicht kennen, indem wir Tag für Tag unseren eigenen mühsamen Weg gehen. Gewähre uns, Herr, konkreter und lebendiger zu sein, so wie die Heiligen. Mach uns bereit, manchmal auch zu leiden, um dadurch auch jene Menschen erreichen zu können, die sich in Schwierigkeiten befinden und auf unsere Hilfe und unser Opfer angewiesen sind. Herr, gib uns, daß wir uns gern für andere hingeben, die uns brauchen und uns bitten: ‚Hilf uns, komm uns zu Hilfe!'“

DIE ERGEBNISSE IM ÜBERBLICK

Fassen wir anhand unserer beiden Leitfragen kurz zusammen, was wir bislang erarbeitet haben.

Wer bin ich?	Wer bist du, Herr?

a) In der Geschichte von der Auferweckung des Sohnes der Witwe von Naïn haben wir herausgearbeitet:

- Ich bin jemand, der sagen kann: Danke! Ich verdanke dir alles, Herr! Herr, du hast mich ernst genommen!	- Du sagst mir: Lebe, wach auf, geh weiter! Ich sage es *dir*! - Du bist jemand, der mich gern hat; du kommst mir entgegen und rufst mich.

b) Die Geschichte von dem jungen Epileptiker zeigte:

- Ich tue mich manchmal schwer, mich auszudrükken. Ich muß lernen, mich mitzuteilen und dialogfähig zu werden. - Ich muß immer wieder versuchen, Ordnung in meine Gefühle zu bringen und meine Gemütszustände zu verstehen. - Ich bin jemand, der sich selber Schaden zufügen könnte und sich entmutigen lassen kann.	- Du hilfst mir, mich selbst zum Ausdruck zu bringen. - Du hilfst mir, Abstand von dem Zwiespältigen und Negativen, das in mir ist, zu gewinnen. - Du hilfst mir, mein Leben vernünftig und verantwortlich zu gestalten. - Du bist der, dem ich mich anvertrauen möchte. - Du bist mein Befreier, der mich in die Freiheit der Wahrheit führt.

c) Davids Kampf gegen Goliath hat verdeutlicht:

- Ich bin jemand, den du unter vielen erwählt hast, auch wenn ich nicht besonders gut und vielleicht weniger fähig als andere bin.
- Ich bin jemand, dem du die Gnade geben kannst, sich nicht zurückzuziehen. Ich will mich weder wichtig machen noch mich zurückziehen.
- Du gibst mir die Kraft, voranzugehen.
- Du ermöglichst mir, auch in jungen Jahren ernste Pläne für mein Leben zu schmieden.
- Du bist meine Stärke gegenüber denen, die mich niederdrücken wollen. Du hast und wirst mich über meine Widersacher siegen lassen.

d) Die Geschichte von Davids Sünde hat uns weiteren Aufschluß über die erste Frage gegeben:

- Ich begehe manchmal kleine Fehler, durch die ich mich langsam, aber sicher in größere Irrtümer verstricken kann.
- Ich neige dazu, mich selbst zu entschuldigen; ich halte mich für clever, und am Ende sitze ich dann in der Falle.
- Mit der Hilfe Gottes kann ich sagen: „Ja, ich habe etwas falsch gemacht!“. Das hilft mir, eine reife Person zu werden.

e) Die Erzählung von Paulus in Troas schließlich zeigte uns, daß der Ruf des Herrn für jeden von uns zu einem Anruf seitens der Menschheit werden kann:

- Du sagst mir: Ich bin einer, der dich braucht.
- Ich begegne dir in der Menschheit, die um deine Hilfe bittet, darum, daß du jeden Tag hinschenkst und geduldig die Eintönigkeit und Mühe des Alltag annimmst.

Wenn es schwierig wird

Damit kommen wir zum letzten Text, der uns helfen kann, den Herrn noch tiefer zu verstehen. Es ist eine meiner liebsten Bibelstellen, über die ich lange meditiert habe: die Erzählung von der Steinigung des Stephanus, des ersten Märtyrers in der Nachfolge Jesu. Es ist eine der „vollständigsten" Episoden des Neuen Testaments: Sie zeigt uns die Gestalt eines Christen, der Jesus ganz und gar gleichförmig wird.

Die Episode des Stephanus

Stephanus hat mutig gesprochen und sich gegen die Anschuldigungen seiner Gegner verteidigt; freimütig hat er gesagt, was er denkt (vgl. Apg 7). Wie reagieren seine Ankläger darauf?

„Als sie das hörten, waren sie aufs äußerste über ihn empört und knirschten mit den Zähnen. Er aber, erfüllt vom Heiligen Geist, blickte zum Himmel empor, sah die Herrlichkeit Gottes und Jesus zur Rechten Gottes stehen und rief: Ich sehe den Himmel offen und den Menschensohn zur Rechten Gottes stehen. Da erhoben sie ein lautes Geschrei, hielten sich die Ohren zu, stürmten auf ihn los, trieben ihn zur Stadt hinaus und steinigten ihn. Die Zeugen legten ihre Kleider zu Füßen eines jungen Mannes nieder, der Saulus hieß. So steinigten sie Stephanus; er aber betete und rief: Herr

Jesus, nimm meinen Geist auf! Dann sank er in die Knie und schrie laut: Herr, rechne ihnen diese Sünde nicht an! Nach diesen Worten starb er“ (Apg 7,54-60).

ANGST GEHÖRT DAZU

Stellen wir uns Stephanus vor, umgeben von einer Menschenmenge, die ihm zornentbrannt gegenübersteht. Er merkt, daß er allein ist, daß keiner auf seiner Seite steht, er begreift, daß die Sache ein böses Ende nehmen wird. Er durchlebt die Situation eines Menschen, der mutig für Jesus Partei ergriffen hat und nun verhöhnt, verlacht, verleumdet und gewalttätig angegangen wird. Wer zum Herrn gesagt hat: „Du bist mein Herr, ich werde dir folgen!“, wird früher oder später eine ähnliche Erfahrung wie Stephanus machen. Viele junge Menschen haben schon erlebt, daß sie nach ihrer Entscheidung, auf den Ruf des Herrn zu antworten, von dem einen oder anderen kühl behandelt wurden, sich allein fühlten, daß man sich vielleicht über sie lustig machte und bissige Witze über sie erzählte. Das macht ihnen bewußt, daß sie eine schwierige, bedeutsame Entscheidung getroffen haben. Bei meinen Besuchen in den Pfarreien komme ich öfter mit Jugendlichen ins Gespräch, die mir sagen: „Wir haben so und so gehandelt, und deshalb gehen die anderen uns in der Schule aus dem Weg, sie grenzen uns aus und machen sich über uns lustig.“ Das ist zweifellos eine problematische Situation, aber es ist zugleich eine Teilhabe an den Entscheidungen Jesu und an der Situation, in die er dadurch gekommen ist.

Während die Entscheidung für den Herrn uns einerseits auf die Seite der Menschen stellt und mit ihnen verbunden sein läßt, erfahren wir andererseits Ausgrenzung, Widerstand und Kritik. Wir dürfen uns nicht wundern, wenn wir dann Angst bekommen: Niemand ist gern allein, niemand ist gern unter Leuten, die einen nicht verstehen oder sogar gegen einen sind! Gerade deshalb verlangt die Entscheidung für Jesus Mut. Wenn sie nicht mit dem Risiko verbunden wäre, unverstanden zu bleiben, wäre sie dann echt? Würden wir überhaupt etwas Authentisches sagen, oder würden wir uns nicht am Ende ganz dem Stil der Welt anpassen und den andern nach dem Mund reden? Es kommt freilich auch vor, und zwar gar nicht so selten, daß eine mutige Handlung von den Leuten geschätzt wird: „Endlich drückt sich einmal einer anders aus als die anderen! Das ist ein Jugendlicher, der das Leben ernst nimmt!"

Stephanus verkörpert einen Menschen, der sich der Feindseligkeit der Leute stellen muß und es dabei mit der Angst zu tun bekommt.

Nach oben schauen

Stellen wir uns vor, wir könnten Stephanus persönlich fragen: „Was hast du in diesem Augenblick getan? Du konntest ja wirklich Angst bekommen; denn sicher hast du begriffen, daß deine Gegner Ernst machten, daß ihre Anklagen und Drohungen keine leeren Worte waren. Du wußtest, daß sich etwas anbahnte, was nicht wiedergutzumachen war. Sicher, du hättest dich vor den anderen dafür entschuldigen können, daß du so gesprochen hast, daß du deine Stimme erhoben hast. Du hättest sagen können, daß du dich nicht richtig ausgedrückt hast. Oder du hättest den anderen sogar Recht geben können, weil sie stärker waren. Du aber hast nichts von all dem getan. Warum?" – Die Heilige Schrift sagt: Stephanus, „erfüllt vom Heiligen Geist, blickte zum Himmel empor, sah die Herrlichkeit Gottes und Jesus zur Rechten Gottes stehen" (7,55). Stephanus entdeckt, daß Jesus wirklich in uns gegenwärtig ist. „Wer bist du, Herr? – Du bist der, der uns in den schwierigen Momenten Kraft gibt."

Wenn wir in schwierigen Situationen unser Ja geben, läßt der Herr uns eine Kraft und Freude erfahren, wie wir sie nie zuvor erfahren haben: Wir spüren, daß wir in der Wahrheit des Herrn sind, daß wir die richtige Entscheidung getroffen haben.

Stephanus, voll des Heiligen Geistes, empfand eine innere Freiheit, eine Ruhe und Begeisterung, die nicht aus ihm selbst kommen konnten. Auf sich allein gestellt, wäre er wohl unsicher geworden; doch in diesem Moment, da er eine mutige Tat vollbracht hat, erfährt er, daß der Heilige Geist in ihm wirkt. Hatte Jesus nicht genau dies seinen Jüngern verheißen? „Wenn man euch vor Gericht stellt (wenn ihr Leuten begegnet, die euch verurteilen und euch feind sind), macht euch keine Sorgen, wie und was ihr reden sollt; denn es wird euch in jener Stunde eingegeben, was ihr sagen sollt. Nicht ihr werdet dann reden, sondern der Geist eures Vaters wird durch euch reden" (Mt 10,19-20).

Hier wird deutlich, was es heißt, nach oben zu schauen. Statt sich bloß umzuschauen und zu kalkulieren, statt die Kräfte des Gegners auszurechnen und abzuschätzen, ob man lieber die Flucht ergreifen, sich verstecken oder sich verteidigen soll, schaut Stephanus dorthin, wo er Kraft finden kann. Der Heilige Geist gibt ihm den Mut, nach oben zu blicken: „Herr, von dir kommt meine Kraft!“ Er schaut die Herrlichkeit Gottes.

Stephanus erfaßt intuitiv die Bedeutung dessen, was ihm widerfährt: Entscheidend sind nicht die Anklagen und die Feindschaft der Leute, entscheidend ist vielmehr die Macht Gottes, der die Geschichte der Welt in der Hand hält.

Von daher können wir den Mut der Märtyrer verstehen: der Märtyrer von früher und heute, der Bekenner jeden Alters, aus allen sozialen Schichten und jedem kulturellen Umfeld. Auch ich habe einige Menschen kennenlernen dürfen, die wegen ihres Zeugnisses geschlagen und gefoltert worden sind und gerade in diesem Augenblick eine ganz neue Klarheit und Kraft erfahren haben. In solchen Momenten scheinen einem unvermittelt die Augen geöffnet zu werden; es ist, als sähen wir, daß Jesus auf unserer Seite steht, daß wir mit ihm sind, daß Gott der Herr der Geschichte ist. Wenn wir um Jesu willen der Feindschaft anderer begegnen, dann erahnen wir, ja im Innern wissen wir ganz sicher, daß wir auf Gottes Seite, auf der Seite der Wahrheit stehen.

Nach oben schauen, das ist der Mut, konsequent zu unserer Entscheidung zu stehen. Diesen Mut schenkt uns der Herr, so daß wir noch tiefer verstehen, wer er für uns ist.

Als Stephanus nach oben schaute, sah er „die Herrlichkeit Gottes und Jesus zur Rechten Gottes stehen und rief: Ich sehe den Himmel offen und den Menschensohn zur Rechten Gottes stehen“ (7,55-56).

Es gibt in der Heiligen Schrift noch viele andere Stellen, wo Jesus „Menschensohn“ genannt wird. Wenn wir „Jesus“ sagen, denken wir an die Person Jesu: an den Sohn Gottes, der *in der Geschichte* in Bethlehem geboren wurde, in Nazareth lebte, in Galiläa predigte, der am Kreuz starb und auferstand. Der Ausdruck „Menschensohn“ läßt uns eher an Jesus als das Haupt der Kirche denken, an ihn, der die ganze Kirche mit sich hineinführt in die Fülle des ewigen Lebens. Stephanus sieht also hier die Person Jesu als das Haupt der Kirche, als den Herrn der ganzen Menschheitsgeschichte. Er denkt bei sich: Ich stehe hier einer Gruppe von Leuten gegenüber, die schreien und mich anklagen. Doch ich sehe und weiß, daß die ganze menschliche Geschichte von diesem Jesus gelenkt wird, der der Herr aller Menschen ist, der alles führt und an sich zieht.

Es ist eine Vision, die unseren Horizont auf das gesamte Universum und die Geschichte aller Zeiten hin weitet. In einer solchen Erfahrung wird uns die Gnade geschenkt, aus unserer begrenzten Alltagssituation auszubrechen und die Universalität der Geschichte zu umgreifen. Es geht uns auf, daß es sich lohnt, unser Leben für Jesus zu opfern, uns zu verschenken und zu leiden. Er ist der Sohn Gottes, er ist mein Befreier, er ist es, der mir als Person die Erfüllung schenkt. Er hat mir geholfen, mich auszudrücken, er hat mich davor bewahrt, in diese oder jene Falle zu geraten, er hat mich zu einer lebendigen Person gemacht und mich mit seinen Gaben beschenkt. Er ist das Haupt und der Herr der ganzen Geschichte. Wenn ich ihm folge, folge ich dem Herrn der gesamten Wirklichkeit, und in der Fülle seines Lebens und seines Todes findet auch meine Person ihre volle Verwirklichung. Stephanus hat durch Leiden und Verfolgung zu dieser Sichtweise, die die Sichtweise der Kirche ist, hingefunden.

Mein Leben gehört dir

Auf die Vision folgt die Hingabe. Stephanus ruft aus: „Herr Jesus, nimm meinen Geist auf!" (7,59), das heißt:

„Herr, ich gehöre dir. Dir schenke ich mein Leben. Du hast mir den Himmel geöffnet und hast mich etwas unvorstellbar Großes sehen lassen, was ich mir nie ausgemalt hätte. Du hast mich in einen herrlichen, grenzenlosen Plan hineingestellt, in den Plan des Vaters. Du hast mir einen wunderbaren Weg aufgetan. Herr, nimm mein Leben, nimm mich selber an."

Ich muß dabei wieder zurückdenken an die Erfahrung jenes 35jährigen, dem ich, wie gesagt, kurze Zeit vor seinem Tod begegnet bin. Als er sagte: „Wie groß ist doch der Herr! Ja, Herr, ich schenke dir mein Leben, ich danke dir für alles, ich lobe und preise dich!", da schien es, als sähe er den Himmel offenstehen.

Mein Wunsch wäre, daß wir alle, unabhängig von

der besonderen Berufung, zu der der Herr uns ruft, so beten könnten:

„Du, Jesus, bist der Herr des Lebens und der Geschichte, der Herr der Kirche und der ganzen Menschheit. Ich danke dir, daß du mich berufen hast, in irgendeiner Weise an deinem Dienst und deinem Plan teilzuhaben. Für diesen Plan, Jesus, schenke ich dir gern mich selbst. Nimm mich, Herr, denn mein Leben gehört dir."

Es ist nicht wichtig, ob man schon sicher ist, zu welchem Weg der Herr einen beruft. Was zählt, ist die Gewißheit, daß er uns ruft, in unserem Leben Großes zu vollbringen, *wenn wir uns ihm anvertrauen.* Jeder von uns kann ihm deshalb, wenn er möchte, mit absoluter Gewißheit antworten. „Herr, ich schenke dir mein Leben", das sollte jeder Christ sagen können, jeder Getaufte. Alles Weitere ergibt sich von selbst.

„Wer bin ich?" – Jemand, der ausrufen kann: *„Herr, nimm mein Leben, es gehört dir. Mach mit mir, was du willst. Ich liebe dich, Herr, mit meinem ganzen Herzen, mit meinem ganzen Leben; denn du hast mich geliebt mit deinem Leben und mit deinem Sterben."*

„Wer bist du, Herr?" – *„Du bist der Herr der Geschichte, der Sohn Gottes, der mich niemals verlassen wird; du bist es, der mich gerufen hat und mich annimmt, der mich erhält und tröstet, der mir in Einsamkeit und Verfolgung Kraft gibt und mich rettet."*

Wir sind dazu berufen, in dieser Gewißheit zu leben. Ich erbitte diese Klarheit für Euch alle, und ich wäre froh, wenn auch Ihr für mich darum bitten würdet. Wir brauchen diese Klarheit jeden Tag, besonders in den Schwierigkeiten und Prüfungen.

Jesus selbst wollte uns ein Gebet lehren, in dem wir den Vater um das Kommen seines Reiches bitten, um Kraft in Versuchungen und um Befreiung vom Bösen. Ich möchte Euch einladen, es langsam mitzubeten, so wie Stephanus es in den letzten Augenblicken seines Lebens gebetet hätte:

„Vater unser im Himmel,
geheiligt werde dein Name.
Dein Reich komme.
Dein Wille geschehe, wie im Himmel, so auf Erden.
Unser tägliches Brot gib uns heute.
Und vergib uns unsere Schuld,
wie auch wir vergeben unsern Schuldigern.
Und führe uns nicht in Versuchung,
sondern erlöse uns von dem Bösen."

Wie geht es weiter?

Ziehen wir kurz Bilanz und werfen wir einen Blick in die Zukunft. *Wer bin ich?* hieß unsere erste Frage. Im Zusammenhang mit der Erzählung von dem epileptischen Jungen haben wir unter anderem von der Erziehung und Bildung gesprochen. Sich bilden, das heißt lernen, die außerordentlichen Werte auszudrücken, die wir als Personen in uns tragen. Diese Fähigkeit bringt eine große Freude hervor, so sehr, daß alle anderen Werte, Gold und Silber eingeschlossen, demgegenüber weit zurücktreten. Nur wenn der Mensch es nicht schafft, die Werte, die er in sich hat, auszudrücken, fängt er an, „Gold“ zu suchen. Er versucht, sich durch Reichtum einen Wert zu verschaffen, um vor den anderen etwas zu gelten. Doch wir können Zeugnis dafür ablegen, daß Gott mit dem Menschen zu sprechen vermag und daß die Menschen miteinander ins Gespräch kommen und sich mitteilen können.

Am Ende unserer Besinnung stellt sich vielleicht die Frage, was aus den tiefen Dingen wird, die wir betrachtet haben, wenn wir wieder in den Alltag mit all seinen Schwierigkeiten zurückkehren. Ich denke, das Geheimnis besteht darin, nie die beiden Fragen, die wir gestellt haben, voneinander zu trennen: *Wer bin ich, und wer bist du?*

Jeder Mensch antwortet zwangsläufig früher oder später auf die erste Frage, und sei es unbewußt. Die heutige Gesellschaft lehrt uns, daß eine Person in dem

Maße „lebt“, wie sie eine Vorstellung von sich selber hat. Wenn diese Identität zerstört wird, kann es zu verschiedenen Formen von Psychosen kommen, vielleicht sogar dahin, daß jemand sich das Leben nimmt.

Es genügt freilich nicht, nur auf die erste Frage zu antworten; denn ich verstehe wirklich, wer ich bin, wenn ich mich vor ein „Du“ hinstelle, wenn ich mich mit dem Herrn ins Gespräch begebe. Das verändert den Menschen, es macht ihn neu, er wird wahrhaft er selbst. Das ist das Entscheidende.

Vieles ist allen Menschen gemeinsam: Man ißt und trinkt, lernt, spielt, arbeitet und betet vielleicht. Das Eine aber, das den Menschen frei machen kann, ist nicht allen gemeinsam: die Entscheidung, auf die Frage: Wer bin ich? dadurch zu antworten, daß man die zweite Frage in den Mittelpunkt stellt: *Wer bist du für mich, Herr?* – Diese Entscheidung ist etwas Großartiges; sie hat die Kraft, die Geschichte zu verändern. Wenn Ihr Tag für Tag neu versucht, in dieser Weise zu antworten, dann werdet Ihr menschlich wachsen und zur Fülle gelangen, zur Fülle der Freude. Wenn Ihr täglich das Gespräch mit dem Herrn sucht, Euch von ihm befragen und rufen laßt, dann wird unsere Besinnung, unser Nachdenken und Beten Frucht bringen: Es wird Euch in der Gewißheit bestärken, daß der Mensch sich nur verstehen kann in der Beziehung mit jenem „Du“, das der Herr ist.

Wer bist du? hieß unsere zweite Frage. Der Herr offenbart sich uns vor allem in seinem Wort. Ich finde dieses „Du“ im Wort Gottes. Wenn ich mich bemühe, das Wort Gottes zu verstehen, verstehe ich auch, wer ich bin, warum ich manchmal innerlich froh bin und andere Male leide und mich aufrege. Das Wort der Heiligen Schrift ist für mich ein Gegenüber, ein „Du", durch das ich mich selbst verstehe. Es ist das gleiche Wort, das mich ins Leben gerufen hat. Ich höre deshalb gut hin, ich denke in der Stille über das Wort nach, antworte und bete zu Gott. Das Gebet sollte immer eine Antwort auf das Du, auf sein Wort sein.

Dieses Du finde ich auch in der Kirche. Ich verstehe mich selbst, wenn ich Jesus vertraue, der in der Kirche ist, der sich mir in der Kirche, seinem Leib, zeigt. Deshalb höre ich auf das, was der Papst, die Bischöfe oder mein geistlicher Begleiter mir raten.

Ferner muß ich lernen, den Herrn zu sehen, wie er in allen Geschöpfen und in jedem seiner Werke zu mir spricht und sich mir offenbart. Mein Leben sollte immer mehr „wie aus einem Guß" sein und eine innere Einheit finden im Gespräch mit Jesus; es soll ganz Gebet sein, Hinhören auf das Wort Gottes, Beziehung mit der Kirche, kulturelles Interesse, Aufmerksamkeit für andere, Offenheit für die Gesellschaft.

Wenn der Herr derjenige ist, der mich rettet und mich wahrhaft mich selbst werden läßt, wenn ich ja dazu sage, daß er mein „Du" für mein ganzes Leben sein soll, dann kommen auch alle anderen Werte wieder zum Tragen.

Die Situationen, in denen wir leben, und das kulturelle Umfeld mögen sich ändern, man wird morgen andere Dinge tun als heute – der grundlegende Sinn der Existenz bleibt derselbe: Es geht darum, *verstanden zu haben, wer der Herr für mich ist.* Sein Wort bleibt, auch wenn sich alles wandelt oder vergeht; sein Wort ist ein unzerbrechlicher Fels. Als Petrus zu Jesus sagte: „Du bist der Messias, der Sohn des lebendigen Gottes!“ (Mt 16,16), hat er auch sich selber verstanden; denn Jesus antwortete ihm unmittelbar darauf: „Ich ... sage dir: Du bist Petrus“ (16,18). Wenn wir dieses grundlegende Gespräch nachvollziehen können, haben wir vieles begriffen. Wir werden Zeugen jenes göttlichen „Du“ sein können, das wir kennengelernt haben und das uns hat verstehen lassen, wer wir sind.

Ich habe das feste Vertrauen, daß der Herr in seiner Kirche solche Zeugen hervorbringt, die mit großer Kraft, mit Begeisterung und Beständigkeit leben. Er hat Wunderbares vollbracht in David, in Maria, in den Aposteln, und er wird inmitten der Normalität unseres täglichen Lebens noch viele, viele andere Heilige hervorbringen.

„Maria, du hast es verstanden, dein Leben zu einem beständigen, unablässigen Gespräch mit dem Herrn werden zu lassen. Gib, daß wir ihn immer tiefer als die Wahrheit unseres Lebens kennenlernen, daß wir Tag für Tag in Freude und innerer Gelassenheit Zeugnis von ihm geben können.“

Inhalt

Carlo Maria Martini im Verlag Neue Stadt:

EINSCHALTUNG

Ein Kardinal im Gespräch mit den Medien

96 Seiten, kartoniert, ISBN 3-87996-288-X

„Bei dem gewichtigen Thema Medien zeigt sich der Kardinal auf der Höhe der Zeit. Zugleich erweist sich der Mann als ein großer Kommunikator: Er langweilt an keiner Stelle ... Er wirbt, unterhält und setzt auf den inszenierten Dialog: ‚Mein lieber Fernseher, jetzt schalte ich dich aus, und du hörst mir mal zu!' Ganz nebenbei wirbt er für einen selbstbewußten, reifen Umgang mit den Medienangeboten und zeigt sachlich Chancen, Grenzen und Defizite der Mediengesellschaft auf."

Publik-Forum

GOTTES ÜBERRASCHENDE WEGE

Orientierungshilfen für junge Leute

96 Seiten, kartoniert, ISBN 3-87996-276-6

„Anhand der biblischen Geschichte des 12jährigen Jesus im Tempel geht der Verfasser mit jungen Menschen einen ungewöhnlichen Weg, der aber zugleich der Weg für jeden Christen ist: in dem zu sein, ‚was meinem Vater gehört'. In sieben Kapiteln durchleuchtet Kardinal Martini die biblische Begebenheit und weist mit oft verblüffender Einfachheit auf geistige Perspektiven hin, die dem flüchtigen Leser meist entgehen."

Ordenskorrespondenz

DEM LEBEN RICHTUNG GEBEN

Perspektiven für junge Leute

88 Seiten, kartoniert, ISBN 3-87996-265-0

„*Wo geht's lang?* Für viele Menschen scheint diese Frage unbeantwortbar geworden zu sein ... Der Erzbischof von Mailand schließt auf, wie uns schon im AT in der Jakobsgeschichte eine exemplarische Wegweisung gegeben worden ist. Die Texte sind frisch und in sich folgerichtig. Empfehlenswert, auch für Jugendliche."

das neue buch

PERSPEKTIVEN FÜR KIRCHE UND WELT

Ein Gespräch mit dem Mailänder Kardinal

144 Seiten, gebunden
ISBN 3-87996-293-6

Das erste ausführliche Interview mit dem Mailänder Kardinal: Ansichten und Einsichten eines kritischen und selbstkritischen Zeitgenossen, der eine ungebrochene Zuversicht ausstrahlt und weit über die Grenzen seiner Diözese hinaus Aufsehen erregt.
Vielleicht liegt im demütigen Hinhören auf das, was das Wort Gottes uns heute zu sagen hat, der tiefste Grund seiner Popularität. Daß Gottes Wort eine Quelle kreativer Hoffnung ist, davon geben diese Seiten ein eindrucksvolles Zeugnis.

Das Gespräch führten Antonio Balletto, Direktor des italienischen Verlags *Marietti*, und Bruno Musso, ein in gehobener Stellung in der Wirtschaft tätiger Laie.
Eine Kurzbiographie und ein Verzeichnis der Werke von Carlo Maria Martini bieten einen Überblick über Leben und Schaffen des meistgelesenen Autors Italiens, dessen deutschsprachige Werke im Verlag Neue Stadt eine Auflage von über 70.000 erreicht haben.

VERLAG NEUE STADT MÜNCHEN · ZÜRICH · WIEN